das team.

Die Mine des Todes

Michael Stuhr

Die Mine des Todes

Thienemann

das team.

Alex Wilken, 24 Jahre alt, dunkelblond, schlank, aber kräftig, ruhig und ernst, bekommt den Auftrag, gefährliche Menschenversuche in einer Buschklinik zu stoppen.

Fiona Beck, 26 Jahre alt, hellblond, wirkt zerbrechlich – ist es aber nicht. Pilotin des Teams, hat ein makaberes Hobby.

François Brunél, 25 Jahre, rothaarig, drahtig. Er ist Techniker und Fionas Copilot, macht gern Späße auf Kosten anderer.

Walter van Kamp, 34 Jahre alt, dunkelhaarig, etwas füllig, kann über die besonderen Fähigkeiten eines Kollegen nur noch staunen.

Hercule, Matan und Ushinde, das Afrika-Team mischt mit.

Der Leopardenmann regelt die Dinge auf seine Weise.

Weitere Hauptpersonen

Changa Masaku und Cecil Kagona, 15 und 16 Jahre alt, arbeiten unter gefährlichsten Bedingungen in einer Diamantmine.

Tsuro, Buschtaxifahrer, 20 Jahre alt, erweist sich in höchster Gefahr als zuverlässiger Freund.

Tekene, Bergwerksbesitzer. Seine Habgier wird ihm zum Verhängnis.

Messie/Messenger, der (fast) allwissende Zentralcomputer der I.B.F., entwickelt eine Vorliebe für schrille Avatare.

I.B.F./International Benefit Foundation, private, humanitär orientierte, weltweit aktive Organisation, die dort tätig wird, wo reguläre Ordnungskräfte korrumpiert sind oder nicht weiterkommen. Auftraggeber des Teams.

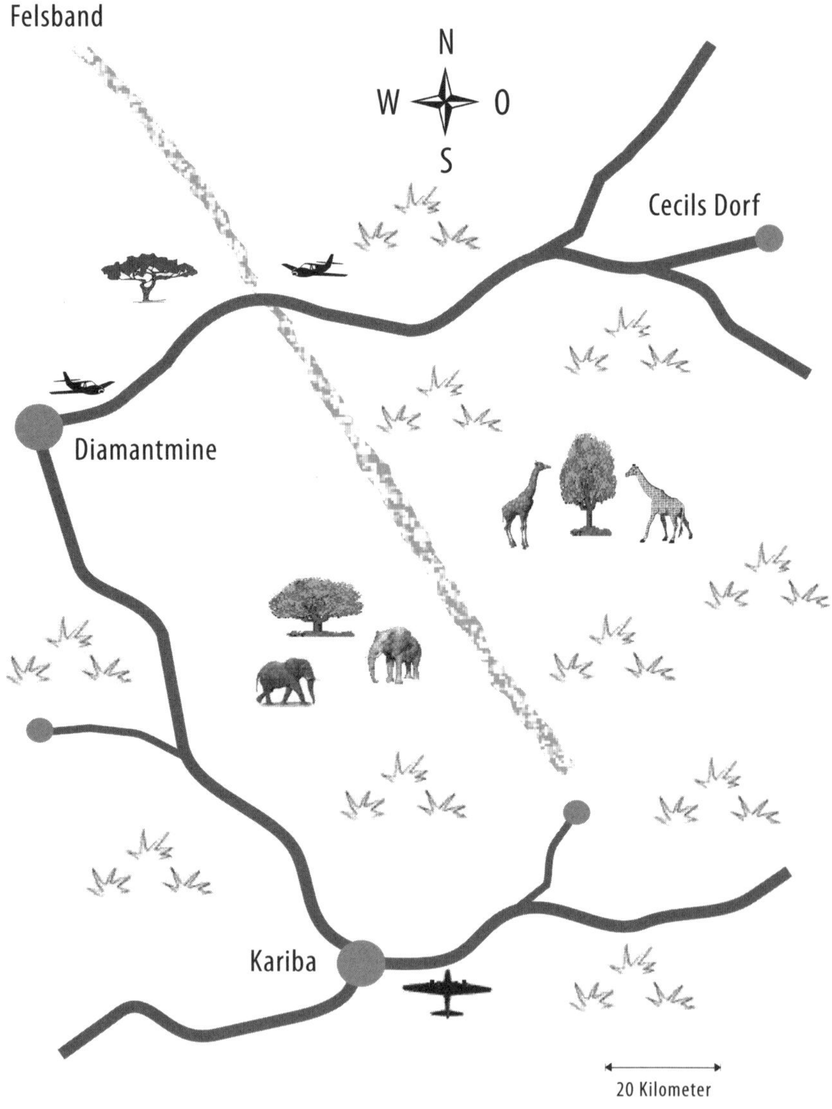
Felsband
N
W
O
S
Cecils Dorf
Diamantmine
Kariba
20 Kilometer

Der Schacht

Ohne das geringste Geräusch zu verursachen, löste sich ein faustgroßer Stein aus der Decke, streifte Changas Schulter und schlug knapp neben seinem Knöchel ein.

Changa kümmerte sich nicht darum. So etwas war hier Alltag, und wenn man getroffen wurde, dann tat es eben ein paar Stunden lang weh. Das war alles. Solange nicht die ganze Decke auf einmal herunterkam, konnte man damit leben. Hier unten gab es so einige stillgelegte, mit Brettern vernagelte Stollen, in denen noch die Leichen verschütteter Bergleute lagen, aber das waren Dinge, an die man besser nicht dachte.

Direkt vor Changa löste sich ein dicker Brocken fester Erde aus der Wand. Changa wich ein wenig zurück und schob den unförmigen Klumpen mithilfe seiner Spitzhacke hinter sich. Wie so oft bedauerte er, den Klumpen nicht gleich hier zerschlagen und untersuchen zu können. Manchmal träumte er davon, dass ihm ein riesiger Rohdiamant aus der Erde entgegenfunkelte. Er hätte zwar keine Prämie dafür erhalten, wahrscheinlich noch nicht einmal eine Belobigung, aber trotzdem würde es doch toll sein, zu wissen, dass man den größten jemals gefundenen Diamanten mit eigenen Händen aus der Erde geholt hatte.

Changa wusste, dass das ein Traum bleiben würde. Rohdiamanten funkeln nicht und bei der kümmerlichen Beleuchtung hier unten schon gar nicht. Da konnte man froh sein, wenn man die Wand vor sich erkannte, denn zu allem Überfluss stand man sich dauernd selbst im Licht.

Die Frühschicht hatte gerade erst begonnen und noch ließ sich die Spitzhacke leicht handhaben. Im Lauf der Stunden würde sie ihm immer schwerer vorkommen und es war wichtig, jetzt möglichst schnell zu arbeiten, sonst konnte man das Tagessoll nicht erfüllen.

Changa holte aus, so weit der enge Schacht es zuließ, und mit einem dumpfen Geräusch grub sich das schwere Werkzeug in die harte Erde. Neue Brocken polterten zu Boden. Changa ließ sie liegen, denn aus dem mit Balken abgestrebten Bereich hinter sich hatte er ein rumpelndes Geräusch gehört. Das war der Schleppkasten aus Blech, mit dem die Erde abgeholt wurde.

Das Scheppern kam näher.

»Du bist langsam!«, flachste Changa und führte den nächsten wuchtigen Schlag gegen die Wand. »Dir macht wohl das Alter zu schaffen.« Das war reiner Blödsinn, denn sein Freund und Kollege Cecil war mit seinen gerade mal sechzehn Jahren nur sechs Monate älter als er selbst.

Mit einem unwilligen Laut wuchtete Cecil den Schleppkasten herum und ließ ihn auf den Boden krachen, dass die daran angebrachten Ketten klirrten. In seiner ruhigen, ernsthaften Art war Schlagfertigkeit nicht gerade seine Stärke, aber dafür war seine Kraft nahezu unerschöpflich. Einen besseren Schlepp hätte Changa sich nicht wünschen können, und deshalb arbeiteten sie auch schon seit mehr als einem halben Jahr zusammen.

Wieder trieb Changa die Spitze seines Werkzeugs in das Erdreich und ein halber Eimer voll scharfkantiger Krümel ergoss sich über seine Füße.

Unverzüglich griff Cecil sich seine Schaufel und begann, den Schleppkasten zu beladen. Changa spürte, wie die Schaufel dicht neben seinem Fuß mit Schwung in das Geröll fuhr und wie die losen Brocken nachrutschten. Normalerweise hätte Changa sich Sorgen um seine Füße machen sollen, aber er wusste, dass er in Cecil einen verlässlichen Partner hatte, der wusste, was er tat. Da gab es ein ganz anderes Problem, das ihm im Moment viel mehr zu schaffen machte: Sie hatten den Stollen in tagelanger Arbeit jetzt schon gut zwölf Meter vorangetrieben und es waren immer noch keine Balken da, die die Decke stützten. Changa war deswegen schon zweimal beim Bossman gewesen, aber der hatte ihn nur vertröstet. So wurden jetzt Millionen Tonnen über dem Schacht hängenden Gesteins nur von den Versprechungen des Vorarbeiters gehalten, der gesagt hatte, dass der Stollen so schnell wie möglich abgestrebt werden würde. Normalerweise müsste der Bautrupp jeden Moment hier auftauchen.

So schnell wie möglich und *normalerweise* waren allerdings sehr dehnbare Begriffe hier unten. Normalerweise wurde hier mit Presslufthämmern gearbeitet und nicht mit Spitzhacken, aber dann war bei einem Brand im Maschinenhaus der große Kompressor beschädigt worden. Ohne Pressluft machen Presslufthämmer keinen Sinn, und so staubten die alten, aber durchaus noch brauchbaren Geräte seit über einem Vierteljahr im Werkzeugschuppen ein, obwohl man den Schaden am Kompressor *so schnell wie möglich* hatte reparieren wollen.

Unwillkürlich sah Changa sich um. Weit hinter der schwachen Glühbirne sah er die ersten Streben des abgesicherten Bereichs. Mindestens zwölf Meter. Konnte man das schaffen, wenn die Decke herunterkam? Würde es Warnzeichen geben, die einem eine Chance verschafften, oder würde alles ganz plötzlich gehen, wenn der Stollen zusammenbrach?

»Ist was?« Cecil hatte mit der Schaufelei aufgehört und sah Changa aufmerksam an.

»Nein, schon gut!« Changa riss sich von dem Anblick des gesicherten Bereichs los und trieb die Spitzhacke wieder in die Wand.

»Hast du Angst?« Cecil sprach mit seiner kehligen Stimme genau das aus, was Changa sich nicht eingestehen wollte. »Ich hab nämlich Angst!«

Changa hielt einen Augenblick inne und drehte sich zu Cecil um. »Ich auch«, gab er zu.

»Hör mal.« Cecil wandte den Kopf in Richtung Ausgang. »Der Berg arbeitet.«

Irgendetwas musste sich in den Gesteinsschichten über dem Stollen verschoben haben, sodass sich die Last auf den Holzbalken nun anders verteilte. Mit dem bloßen Auge war keine Verschiebung zu erkennen, aber das Holz der Abstrebungen reagierte auf seine Art auf die veränderte Belastung. Es knackte ein paarmal vernehmlich und das Zerreißen einiger Holzfasern klang wie ein schwacher Seufzer in der Stille des Schachts.

»Mir reicht es jetzt!« Changa ließ die Spitzhacke fallen, quetschte sich in dem engen Gang an Cecil vorbei und ging auf den Ausgang zu. »Komm mit«, forderte er seinen Kollegen auf. »Wir gehen zum Bossman. Er muss uns sofort den Bautrupp schicken.«

Mit einem zustimmenden Grunzen lehnte Cecil seine Schaufel an die Wand. Changa war schon beim gesicherten Bereich angekommen und stieg über den ersten Querbalken, auf dem die senkrechten Trägerbalken ruhten.

»Nun komm!«, drängte Changa, aber Cecil wollte die Gelegenheit nutzen, noch eine Fuhre abzuliefern, und nahm die Gurtschlaufe, die an der Kette des Schleppkastens befestigt war.

Direkt neben Changa knackte es in einem der Balken und er konnte deutlich hören, wie wieder ein paar Holzfasern unter der Belastung zerrissen.

»Jetzt komm endlich!« Changas Stimme vibrierte

und er war kurz davor, in Panik zu geraten. »Ich denke, du hast Angst?«

»Ja!« Mit ruhigen Bewegungen legte sich Cecil den Gurt über die Schulter und sah Changa ernst an. »Ich habe *immer* Angst«, sagte er. »Jede Minute, die ich hier unten bin.« Mit diesen Worten warf er sich ruckartig nach vorne, sodass die Kette sich straffte und der Schleppkasten ein Stück weit rutschte. Den ersten Schwung ausnutzend hielt Cecil die Kette straff gespannt und kam mit kräftigen Schritten auf den Ausgang zu.

Changa presste sich dicht an die Wand, bis der Schleppkasten vorbeigepoltert war, und schloss sich dann Cecil an, der den klobigen, oben offenen Blechkasten hinter sich herzog, als sei er kaum schwerer als eine Bastmatte.

Das Licht blieb hinter ihnen zurück und nach wenigen Schritten waren sie von der Dunkelheit eingeschlossen. Nur das Rumpeln vor ihm zeigte Changa an, wie der Schacht verlief. Jedes Mal, wenn eine Querstrebe auf dem Boden den Weg kreuzte, polterte der Schleppkasten gegen das Holz. Cecil, der den Weg in jeder Schicht etwa vierzigmal zurücklegen musste, kannte sich hier besser aus, aber Changa musste sehr darauf achten, sich nicht die Zehen zu prellen. Es war etwa so, als würde man auf Bahnschwellen laufen, nur dass die Abstände hier viel größer waren. Sie hatten die Zwischenräume zwar mit Abraum aufgefüllt, aber trotzdem war der Weg völlig ausgetreten und eine einzige Stolperfalle.

Endlich verriet ein matter Lichtschimmer, dass sie wohl bald das Ende des Stollens erreichen würden. Changa empfand den gewaltigen Druck der Erdmassen über sich so stark wie noch nie. Er atmete auf, als sie endlich auf den großen Hauptschacht trafen, von dem aus sich die kleineren Stollen nach allen Seiten in das Gestein fraßen. Hier stand auch die elektrische Seilwinde, die eigentlich dafür vorgesehen war, den vorne wie einen Schlitten geformten Schleppkasten durch den Stollen zu ziehen. Der Motor des Geräts war verschmort und das Gehäuse teilweise geschmolzen. Auch das mehr als hundert Meter lange Stahlseil hatte bereits eine andere Verwendung gefunden und die Spindel ragte leer in das Gangende hinein. Das ganze Ding war völlig unbrauchbar und so hatte man den Betrieb schon vor Monaten wieder komplett auf Muskelkraft umgestellt.

Cecil wuchtete den schweren Schleppkasten zu dem Grubenwagen, der auf den schmalen Geleisen bereitstand, und schüttete mit geübten Griffen die geförderte Erde hinein. »So«, meinte er. »Jetzt können wir!«

Wie nicht anders zu erwarten, saß der Bossman für den westlichen Abschnitt mit seinen drei Kollegen in der »Zentrale« beim Würfelspiel zusammen. Im Wesentlichen bestand diese Zentrale aus dem altertümlichen Grubentelefon, das man in einer Nische an der Wand installiert hatte und das die einzige Verbindung nach oben war. Unter diesem Telefon hatten die Vorarbeiter einige Holzpaletten aufeinandergestapelt, die nun als Tisch dienten. Ein paar große, ebenfalls hölzerne Kabeltrommeln stellten die passenden Sitzgelegenheiten dazu dar.

Vier Köpfe drehten sich gleichzeitig nach Changa und Cecil um, als sie den Gang entlangkamen. Drei davon drehten sich gleich wieder weg, aber ein Augenpaar sah ihnen weiter starr entgegen.

Der Vorarbeiter für den westlichen Abschnitt war ein kleiner, nervöser Mann, der sich immer schnell über alles aufregte. »Was macht ihr denn hier?«, kläffte er sofort los. »Warum seid ihr nicht bei der Arbeit?«

»Hi, Bossman!«, grüßte Changa und hörte, wie auch Cecil hinter ihm etwas murmelte, das sich ähnlich anhörte. »Wir haben Probleme, weil unser Stollen immer noch nicht abgestrebt ist und der Berg eben gearbeitet hat.«

»Und? Was soll ich jetzt machen?«, giftete der Vorarbeiter. »Was stellt ihr euch vor? Wir arbeiten hier in einem Bergwerk, falls ihr das noch nicht gemerkt habt. Das ist nun mal was anderes als Tabak pflücken. Klar? So, und jetzt verschwindet!« Er machte eine ungeduldige Handbewegung und wandte sich wieder dem Tisch zu.

»Sie könnten mitkommen und sich die Sache mal ansehen«, schlug Changa vor. Er wusste zwar, dass es gefährlich war, dem Bossman zu widersprechen, aber noch viel gefährlicher wäre es gewesen, jetzt einfach wieder zurück in den ungesicherten Schacht zu gehen.

»Ich hab keine Zeit!« Der Vormann winkte ab und nahm die Würfel in die Hand. »Geht wieder an die Arbeit, aber ganz schnell, oder soll ich euch was vom Lohn abziehen?«

Natürlich hatte er keine Zeit und der kleine Haufen Münzen, der vor ihm auf dem Tisch lag, machte auch klar, warum das so war. Der Mann hatte gerade eine Glückssträhne und wollte sich das Spiel nicht verderben lassen.

Ganz anderer Meinung waren da allerdings seine Mitspieler. Das Glück ihres Kollegen behagte ihnen überhaupt nicht und sie hätten eine Unterbrechung nur allzu gern gesehen.

»Vielleicht solltest du wirklich mal mitgehen«, meinte einer von ihnen und ein anderer stimmte ihm zu.

»Könnte ja sein, dass wirklich was ist«, fiel der Dritte ein. »Ich meine, bevor es Ärger mit der Grubenleitung gibt …«

Das gab dem Mann nun wirklich zu denken. Ärger mit den Vorgesetzten wollte er natürlich nicht, aber seinen Platz am Spieltisch aufgeben wollte er auch nicht. Den Widerstreit seiner Gefühle konnte man direkt an seinem Gesicht ablesen.

Seine Kollegen grinsten und es konnte nicht den geringsten Zweifel daran geben, dass sie ihn bei der Geschäftsleitung anschwärzen würden, wenn etwas passierte.

Plötzlich schnellte der Vormann von seinem Platz hoch, strich die Münzen vom Tisch, steckte sie in die

Hosentasche und warf Changa einen hasserfüllten Blick zu. »Dann komme ich eben mit!« Er griff nach seinem orangefarbenen Schutzhelm und setzte ihn auf.

Changas Augen zogen sich ganz von selbst leicht zusammen und sein Gesichtsausdruck wurde ärgerlich. So ein Helm hätte ihn in der Vergangenheit vor so mancher Beule und Platzwunde bewahren können, aber von so einer Ausrüstung durfte man als einfacher Arbeiter allenfalls träumen.

»Ja, nun los!«, drängte der Vorarbeiter. »Ich hab nicht ewig Zeit.«

Changa hob nur leicht die Schultern, drehte sich um und ging, gefolgt von dem schweigenden Cecil und dem zeternden Vormann, zurück zum Stollen.

Der Vorarbeiter schimpfte und meckerte den ganzen Weg lang und in seinem Ärger fiel er in seinen heimatlichen Dialekt. Changa konnte kaum verstehen, was er sagte.

Das hatten die Besitzer der Diamantmine schon passend eingerichtet. Alle Arbeiter kamen hier aus der Gegend und alle Aufseher waren bei anderen, weit entfernt lebenden Stämmen angeworben worden. Die Arbeiter hassten alle Aufseher, weil sie unter diesen Umständen nie eine Chance bekommen konnten, sich zu verbessern, aber das war gewollt. So konnten die Chefs sicher sein, dass ein ständiges Klima von Zwietracht und Misstrauen herrschte und die Arbeiter garantiert nicht geschont wurden, nur weil die Aufseher sie von klein auf kannten.

In seinem Ärger hatte der Vormann vergessen, seine Taschenlampe mitzunehmen, und so mussten sie den Weg durch den Stollen wieder in absoluter Finsternis zurücklegen. Cecil zog den Schleppkasten hinter sich her und die Vibrationen der Blechkonstruktion dröhnten dumpf durch den engen Schacht. Changa spürte, wie wieder die Angst in ihm hochkroch. Nur weil jetzt der Vormann bei ihnen war, hatte sich die Situation ja noch nicht verbessert. Noch immer drohten Unmengen von Erde und Gestein in den Schacht zu stürzen und sie alle unter sich zu begraben. Er musste sich zu jedem Schritt zwingen, der tiefer in diese Todesfalle führte. Nur der Gedanke, dass der Vorarbeiter jetzt auch Angst um sein Leben haben musste, verschaffte ihm eine gewisse Genugtuung und ließ ihn weitergehen.

Endlich zeigte das trübe Licht der schwachen Glühbirne an, dass sie sich nun dem Ende des Stollens näherten.

Sie passierten die letzte Abstrebung und Changa blieb unwillkürlich stehen, als er vorsichtig ein paar Schritte in den ungesicherten Bereich hineingegangen war. Eigentlich hatte er fest damit gerechnet, dass sich mittlerweile noch mehr größere Brocken aus der Decke gelöst hatten. Das hätte vielleicht geholfen, den Bossman zu überzeugen, dass etwas getan werden musste. Der Stollen sah allerdings noch genauso aus wie vorhin und auf dem Boden waren nur die Spuren von Cecils Schleppkasten zu erkennen.

»Und? Was ist jetzt?«, schimpfte der Vormann dann auch sofort los. »Ich denke, hier bricht alles zusammen? Macht euch bloß wieder an die Arbeit. Aber zügig!«

Er versuchte, so zu tun, als sei hier alles völlig normal und ungefährlich; aber es war doch zu merken, dass er möglichst nah am abgestützten Bereich blieb und sich kaum fünf Meter weit in den ungesicherten Stollen hineintraute.

»Wir sind schon viel zu weit vorne. Das hängende Gestein muss unbedingt abgestützt werden!«, protestierte Changa.

»Ja, ja!« Der Bossman stieß vorsichtig mit der Hand gegen die Decke und ein paar lose Steine kollerten herunter. »Das Hängende hält schon, sagt der Ingenieur. Macht euch mal keine Sorgen.«

»Wann war der denn hier?« Changa war sich ziemlich sicher, dass der Ingenieur seit Wochen nicht mehr in dem Stollen gewesen war.

»Gestern erst«, behauptete der Vorarbeiter. »Während der anderen Schicht.«

»Blödsinn!«, schaltete Cecil sich ein. »Das hätten die Kollegen uns gesagt.«

»Blödsinn?« Der Kopf des Vorarbeiters ruckte herum. »Ich rede also Blödsinn? Hör zu, Cecil! Du vergisst deine Position. Du kannst es dir nicht erlauben, hier frech zu werden, und wenn du den heutigen Tag bezahlt haben willst, dann entschuldigst du dich jetzt besser bei mir und gehst sofort wieder an deine Arbeit!«

»Na ja, Sir …« Cecil legte in einer Geste der Verlegenheit die Hände vor dem Körper zusammen. »… ich meinte nur, dass Sie sich vielleicht geirrt haben könnten. Tut mir leid.«

»Geirrt?« Der Vorarbeiter lachte böse auf. »Du bist es, der sich geirrt hat. Ich werde dir für heute den halben Lohn abziehen und du kannst froh sein, dass es nur der halbe Lohn ist. An die Arbeit jetzt!«

»Ja, Sir!« Ohne ein weiteres Wort ging Cecil langsam in den Stollen hinein. Changa hingegen war nicht bereit, sich einschüchtern zu lassen. Der ungesicherte Stollen war lebensgefährlich. Das Risiko war einfach viel zu hoch. »Hören Sie …«, setzte er gerade an, als plötzlich alles auf einmal geschah: Ein kopfgroßer Gesteinsbrocken löste sich aus der Decke und schlug direkt neben dem Vorarbeiter ein. Der Mann sah Changa für den Bruchteil einer Sekunde entsetzt an. Lockere Erde ergoss sich auf den Boden und ein weiterer dicker Brocken kam herabgestürzt. Blitzschnell wirbelte der Mann herum, sprang über den liegen gelassenen Schleppkasten und rannte in den abgestützten Bereich hinein.

»Komm! Schnell raus hier!«, schrie Changa Cecil zu, aber der hatte natürlich längst gemerkt, was los war. Geduckt kam er angerannt und versuchte dabei, den Gesteinsbrocken auszuweichen, die sich in immer größerer Zahl aus der Decke lösten.

Ein Stück Fels, groß wie ein Panzerschrank, krachte herunter, zerquetschte den soliden Schleppkasten wie einen Pappkarton und versperrte den Weg zum

Ausgang. Nur ganz oben war noch ein schmaler Spalt frei. Ohne zu überlegen, hangelte Changa sich hoch, schob den Oberkörper in den Spalt und robbte los. Er spürte, dass Cecil direkt hinter ihm war. Die Glühbirne fiel herunter und zerschellte auf dem rutschenden Geröll. Schlagartig wurde es dunkel. Wenn jetzt noch so ein dicker Brocken herunterkam, dann waren sie beide tot, schoss es Changa durch den Kopf. Etwas Schweres traf ihn an der Schulter. Es tat höllisch weh und er konnte seinen rechten Arm kaum noch bewegen. Sein Gürtel verhakte sich irgendwo und er riss sich los. Er robbte um sein Leben. Staub hüllte ihn ein und er bekam kaum noch Luft. Tonnen von Erde stürzten mit gewaltigem Getöse in den Stollen. Ein scharfkantiges Stück Fels traf seine Wade. Changa spürte, wie die Haut aufriss. Das Bein war eingeklemmt. In Panik versuchte Changa, es freizubekommen. Vergebens. Immer mehr Erde stürzte herab. Er bekam keine Luft mehr.

Der Helm

Am Sonnabendmorgen gegen halb neun saß Alexander Wilken an seinem Schreibtisch und rief per Notebook eine Wettersite auf, die ihm als eine der zuverlässigsten bekannt war.

Die Woche war mit einem Seminar für Sprengstoffkunde ausgefüllt gewesen, das die Zentrale für die Teams aus Europa und Nordamerika organisiert hatte. Vier Tage lang hatten sie in einem abgelegenen Gehöft bei Gent gelernt, wie mit den einzelnen Sprengstoffen umzugehen ist, und vor allem, wie man sie am besten unschädlich macht. Es war ein ziemlicher Stress gewesen, weil sie mit echtem Material hatten arbeiten müssen. Wilken war der Meinung, dass er sich dafür eine Belohnung verdient hatte. Auf der Rückfahrt vom Seminar hatte er sich also mit Walter van Kamp darüber unterhalten, dass es mal wieder Zeit für ein freies Wochenende sei.

Da Walter selbst für zwei Tage in seine Heimatstadt Rotterdam fahren wollte, hatten sie sich gemeinsam mit der I.B.F.-Zentrale in Verbindung gesetzt und tatsächlich grünes Licht bekommen. Fiona und François wollten sowieso in London bleiben und konnten so ganz gut die Stellung halten.

Endlich mal ein wenig Freizeit. Wilken hatte vor, noch am Vormittag loszufahren und das Wochenende bei einer guten Freundin zu verbringen. Maggie Flaherty war Journalistin beim *South Wales Echo*, und weil sie über die Veranstaltung berichten sollte, hatte sie zwei Karten für eine Retro-Party bekommen, die heute Abend in einem der größten Klubs von Cardiff stattfinden sollte. Eigentlich waren solche Riesenpartys ja nicht so ganz Wilkens Sache, aber Maggie war die Art von Mensch, mit dem man überall Spaß haben konnte, und deshalb war ihm die Zusage leichtgefallen, als sie gestern Abend angerufen hatte.

Kurz war Wilken versucht gewesen, sich Walter van Kamps uralten Volvo Amazon auszuleihen, um auch stilecht vorfahren zu können. Dann hatte er sich aber doch entschieden, lieber seine Harley zu nehmen. Die war immerhin fast genauso alt und hatte den Vorteil, dass man sie direkt vor dem Eingang der Festhalle parken konnte. Um einen Sturzhelm für Maggie konnte er ja Fiona bitten. Jetzt musste nur noch das Wetter mitspielen und die Informationen, die auf dem Bildschirm erschienen, waren sehr beruhigend. Für das ganze Wochenende waren für den Westen Großbritanniens klarer Himmel und angenehme Temperaturen zu erwarten.

Während seiner Einsätze in den verschiedensten Milieus war manchmal ein gewisses Maß an Anpassung an den dort geltenden Dresscode erforderlich und im Laufe der Zeit hatte sich ein beachtlicher

Fundus an Kleidungsstücken angesammelt. Ein einziger Griff in den Kleiderschrank genügte und Wilken hielt das perfekte Outfit für eine Retro-Party in der Hand. Röhrenjeans, ein weißes T-Shirt und eine Windjacke aus schwarzer Kunstseide mit einer »59« auf der linken Brustseite und in groß auch auf dem Rücken hingen einträchtig auf einem Bügel zusammen. Baseballstiefel waren auch schnell gefunden und sogar ein Paar weiße Tennissocken wartete im hintersten Winkel der Schublade darauf, endlich wieder mal getragen zu werden.

Wilken war zufrieden. So konnte er gehen, ohne sich allzu verkleidet vorzukommen. Bei bester Laune machte er sich auf den Weg zur Garage, um die Satteltaschen zu holen. Kaum kam er aus der Villa heraus, in der die Team-Zentrale untergebracht war, als er auch schon von Django bemerkt wurde. Der kleinere der beiden Hunde, von denen keiner wusste, wem sie eigentlich gehörten, kam auf ihn zugeschossen und forderte ihn zum Spielen auf, indem er ihm einen beachtlichen Knüppel direkt vor die Füße fallen ließ.

Wilken tat ihm den Gefallen und warf das Stück Holz, so weit er konnte, aber er musste das Spiel noch zweimal wiederholen, bevor er das Garagengebäude erreichte.

Hier, in der geräumigen Garage, hatte François Brunél, der Techniker des Teams, sich seine Werkstatt eingerichtet. Als Folge davon mussten die Fahrzeuge des Teams draußen auf dem Hof geparkt werden und nur für Wilkens Harley und Brunéls Geländemotorrad war noch etwas Platz übrig geblieben. Ansonsten war die ganze Fläche mit Regalen, Tischen und einer großen Werkbank zugestellt. Hier bosselte François an den verschiedensten Geräten herum, die manchmal bei Spezialaufträgen des Teams zum Einsatz kamen. François war da sehr erfinderisch, aber Wilkens Meinung nach schoss er manchmal ein wenig über das Ziel hinaus.

»Hallo, Alex! Du kommst gerade passend«, grüßte François. Er stand an der Werkbank und polierte mit einem Lappen an einem rundlich-klobigen Ding herum, das einem Jethelm entfernt ähnlich sah. Das Teil war signalorange lackiert und trug als Zierde einen giftgrünen Doppelstreifen, der sich von vorne bis hinten über die ganze Rundung zog. Da machte es dann auch nichts mehr aus, dass das Visier voll verspiegelt war und im Licht der Leuchtstofflampen bläulich strahlte.

»So, das ist er!« François trat einen Schritt weit zurück und zeigte stolz auf das schrillfarbene Etwas.

»Äh, wer?«

»Dein neuer Motorradhelm natürlich!«

»Was für ein hässliches Ding!«, rutschte es Wilken heraus. »Das Teil sieht ja aus wie 'ne Leuchtboje mit Totalschaden!«

»Ist aber ein Hightech-Helm mit eingebautem Funk plus Handy mit Sprachsteuerung plus permanenter Internetverbindung plus GPS plus Datenvisier«, gab François ein wenig gekränkt bekannt.

»Damit bist du, kommunikativ gesehen, allen anderen um Jahre voraus.«

»Kommunikation wird allgemein überbewertet«, meinte Wilken. »Außerdem ist das Ding total hässlich!«

»Es ist nicht hässlich«, verteidigte Brunél seine Entwicklung. »Außerdem kann man Kommunikation heutzutage überhaupt nicht hoch genug bewerten. Ich meine, gerade in unserem Job müssen wir doch jederzeit erreichbar sein.«

»Ich hab mein Handy immer dabei und das steht sowieso mit meinem Headset in Verbindung. Bluetooth, du verstehst?«

»Mit dem Helm geht es aber noch viel schneller«, trumpfte François auf.

»Na, auf die zehn Sekunden wird es gerade ankommen«, zweifelte Wilken.

»Jetzt stell dir doch mal vor, du sitzt auf deiner Harley und verfolgst jemanden …«

»Mach ich nicht!«, behauptete Wilken.

»Ist aber schon vorgekommen. Zum Beispiel, als die Bengels mit dem TNT unterwegs waren.«*

»Das war 'ne Ausnahme und ein Einzelfall«, wehrte Wilken ab.

»Siehst du! Und ganz plötzlich hättest du so etwas wie diesen Helm gerne gehabt.«

»Nein!«

»Aber du könntest damit auf allen Ebenen kom-

* Dieser Fall wird erzählt in: Das Team – Der Sprengsatz.

munizieren. Handy und Internet gleichzeitig. Navigation hatte ich noch gar nicht erwähnt und MP4 und Radio und es gibt sogar eine hochauflösende Kamera für Aufnahmen während der Fahrt.«

»Und wenn ich dann wegen der ewigen Reizüberflutung langsam durchdrehe, verpasst das Ding mir wahrscheinlich automatisch 'ne Kopfmassage«, vermutete Wilken.

»Nein. Aber wenn du möchtest, kann ich dir gerne noch einen Rasierapparat einbauen«, schnappte François. Er war kurz davor, ernsthaft beleidigt zu sein, weil seine Erfindung bei Wilken nicht so gut ankam.

Die Außentür öffnete sich und eine kleine, schlanke Gestalt mit kurzem weißblondem Haar kam schwungvoll in die Werkstatt. »Hat einer von euch Hazel gesehen?« Offenbar war Fiona Beck, die Pilotin des Teams, mal wieder auf der Suche nach ihrer Katze.

»Nein«, kam es knapp von Alex und François.

»Was habt ihr beiden denn?« Fiona hatte sofort gemerkt, dass eine gewisse Spannung in der Luft lag.

»Nix!«, kam es wieder zweistimmig-einsilbig zurück.

Fiona gab ein unbestimmbares Geräusch von sich, das sich etwa wie »Hmpf« anhörte, und wollte sich wieder dem Ausgang zuwenden, aber da blieb ihr Blick an dem grellfarbigen Helm hängen, der immer noch unberührt auf der Werkbank lag. »Was ist das denn für ein hässliches Ding?«, wollte sie wissen.

»Das wird mein neuer Rasierapparat«, gab Wilken bekannt, während François verbissen schwieg.

»Sehr lustig!« Fiona drehte sich auf dem Absatz um und schloss die Tür hinter sich.

»Hässlich!«, zischte François. Er schien ernsthafte Probleme mit dem Wort zu haben.

»Du kannst ja noch mal Design und Lackierung überarbeiten«, schlug Wilken vor, um seinen Freund ein wenig zu beruhigen. »Vielleicht ist die Sache dann verhandelbar.«

»Ich denk mal drüber nach«, nickte François. »Aber eigentlich ist die Farbgebung vom Sicherheitsaspekt her optimal.«

Wilken zog es vor, dazu lieber nichts zu sagen.

Die Tür zum Hof öffnete sich wieder und Walter van Kamp, das älteste Mitglied des Teams, kam herein. In der Hand trug er einige Papiere.

»Hallo, Leute!« Walter ging zur Werkbank und legte die verschiedenfarbigen Zettel darauf. »Du, François: Überprüf doch mal gelegentlich diese Materialrechnungen und gib sie mir dann wieder rüber«, sagte er und dann geschah das Unvermeidliche: Er bemerkte den Helm. »Uh«, sagte er. »Ist das der Multifunktionshelm, den du bauen wolltest? – Mann, ist der hässlich!«

Wilken hatte die Satteltaschen von der Harley genommen und gab Walter jetzt ein Zeichen, mit hinauszukommen.

»Was ist denn?«, wollte Walter wissen, als sie wieder auf dem Hof waren.

»Ach, François hat gerade eine Krise und braucht ein wenig Schonung.«

»Wegen des Helms?«

»Genau!«

»Dir gefällt er also auch nicht«, vermutete Walter.

»Und Fiona auch nicht«, bestätigte Wilken.

»Na, er wird drüber wegkommen«, meinte Walter und gemeinsam gingen sie auf die Villa zu. Diesmal hatte Django nicht so viel Glück wie vorhin. Niemand kümmerte sich um ihn und sein Stöckchen.

»Du bist am Montag wieder da?«, fragte Walter mit einem Blick auf die Packtaschen, als sich ihre Wege im Foyer der Villa trennten.

»Sicher.« Mehr wollte Wilken dazu nicht sagen. Seiner Meinung nach ging es niemanden etwas an, wie und wo er seine Zeit verbrachte, wenn es schon mal ein Wochenende gab, das er frei planen konnte.

»Gut!« Walter gab sich zufrieden. »Um zehn ist nämlich Besprechung«, schob er nach und schwenkte in Richtung Kellertreppe ab. Wahrscheinlich wollte er im Archiv noch irgendwelche Sachen recherchieren oder ordnen, bevor er selbst ins Wochenende verschwand.

Wieder in seinem Zimmer rief Wilken zunächst Maggie an und erklärte ihr seinen Plan: Er wollte die Harley zunächst in der Nähe des Clubs parken und sich dort von ihr abholen lassen. Am Samstagabend konnten sie dann Maggies Wagen benutzen und würden nur die letzten hundert Meter in Partykleidung auf dem Motorrad fahren müssen. Maggie war begeistert von der Idee, und ja, sie hatte Sachen im Schrank, die zu Wilkens Fünfzigerjahre-Collegeboy-Outfit passten.

Alles prima! Sorgfältig verstaute Wilken die Sachen und ging dann mit den Satteltaschen wieder zur Garage, wo er die Harley durchcheckte und ihr den Staub von Lack und Chrom wischte. Hoffentlich blieb das Wetter auch wirklich stabil und versaute ihnen nicht doch noch die Show. François war nicht in der Werkstatt und seine Yamaha war auch nicht da. Wahrscheinlich war er zu seinem Offroad-Club gefahren und tobte sich da auf der Motocrossbahn den Frust von der Seele.

Der letzte Weg führte Wilken zu Fiona, aber die war auch nicht in ihrem Zimmer. Übles ahnend ging er in den Keller und klopfte an die Tür von Fionas Gruselkabinett. Dort bewahrte sie ihre Tierkadaver auf, die sie immer und überall aufsammelte und dann sezierte. Das war nun mal ihr Hobby, da konnte man nichts machen.

Auch das fröhliche »Herein!«, das durch die geschlossene Tür drang, konnte Wilken nicht täuschen: Das hier würde wahrscheinlich das ekelhafteste Erlebnis des Tages werden. Er atmete tief ein und drückte die Tür ein Stück weit auf.

»Du, Fiona, ich bin heute mit 'ner Freundin auf der Harley unterwegs. Kannst du mir deinen Helm leihen?«

»Klar doch.« Fiona beugte sich tief über den Tisch.

»Komm doch mal gerade rein, du kannst mir kurz helfen.«

»Äh, eigentlich …«

»Nun komm schon!«, forderte Fiona. »Nur kurz mal festhalten. Der wackelt so.«

Wilken seufzte und trat in den Raum. Fiona hatte gerade so etwas wie einen getrockneten Riesenskorpion in Arbeit und mühte sich vergebens mit dem chitingepanzerten Bauch ab.

»Sag mal, träumst du nicht manchmal nachts davon?«, fragte Wilken sie.

»Doch, natürlich!«, strahlte seine Kollegin ihn an. »Halt doch mal die Scheren fest. Da und da!«

»Hast du keine Handschuhe für mich?«

»Nö!« Fiona schüttelte den Kopf und Wilken griff zu.

Sie suchte sich aus ihren Instrumenten ein passendes Messer aus und setzte die Klinge an. Wilken drehte angewidert den Kopf weg. Er spürte, wie der ausgetrocknete Körper ein wenig wackelte.

»Jetzt halt doch mal richtig fest!«

Irgendetwas gab unter seinen Fingern nach und es knirschte leise.

»Jetzt hast du ihn kaputt gemacht!«, kam es anklagend von Fiona.

»Nein, er war schon tot!« Wilken ließ das abgebrochene Teil auf die Arbeitsplatte fallen. »Was ist jetzt mit dem Helm?«

»Hol ihn dir einfach aus meinem Schrank.«

»Danke!«

»Keine Ursache. Schönes Wochenende.«

»Dir auch.« Aufatmend verließ Wilken den Keller und spülte sich in seinem Bad erstmal gründlich den Staub der Skorpionmumie von den Fingern. Nachdem er den Helm geholt hatte, zog er sich für die weite Fahrt nach Cardiff um und tuckerte zehn Minuten später mit seiner Harley vom Hof.

Zwei freie Tage! Man konnte nur hoffen, dass nicht doch noch irgendein Notfalleinsatz dazwischenkam.

Die Klinik

Schwer atmend und hart am Rand der Bewusstlosigkeit lag Changa vor dem Eingang zum Stollen. Direkt neben sich hörte er hektisches Keuchen und krampfhaftes Husten. Cecil musste es also ebenfalls geschafft haben, aus dem zusammenbrechenden Schacht herauszukommen. Er hatte ihnen beiden das Leben gerettet, indem er das scharfkantige Felsstück von Changas Bein geschoben hatte. So hatte der weiterkriechen und den Weg auch für Cecil freimachen können.

Sehen konnte Changa nichts. Seine Augen waren schmutzverklebt und die gewaltige Staubwolke, die sich aus dem Stollen in den Hauptschacht ergossen hatte, war noch nicht abgezogen. In einiger Entfernung schrie ein Mann laut um Hilfe. Das musste der Vorarbeiter sein, der einen ziemlichen Vorsprung gehabt hatte.

Verfolgt vom Krachen der wegbrechenden Verstrebungen war Changa gerannt wie noch nie in seinem Leben. In völliger Finsternis war er trotz seines verletzten Beins durch den Stollen gerast, über jede Schwelle gestolpert und immer wieder an die Wände geprallt. Trotzdem hatte es eine Ewigkeit gedauert, bis er den Lichtschimmer am Ende des Stollens hatte sehen können; und dann hatte die Staubwolke ihn überholt und alles war wieder dunkel geworden. Erst als die Trommel der Seilwinde ihn hart am Oberschenkel getroffen hatte, war Changa langsamer geworden, denn hier war der Stollen zu Ende.

Der Staub war erstickend. Changa hatte das Gefühl, seine gesamte Luftröhre sei von oben bis unten verstopft, und wahrscheinlich war das auch so. »Cecil?«, brachte er mühsam hervor, und noch einmal: »Cecil?«

Endlich zeigte ein schwaches »Ja!« an, dass es tatsächlich sein Freund war, der da in der Finsternis neben ihm lag. Erschöpft ließ Changa den Kopf wieder sinken. Eine Weile trieb er am Rand der Ohnmacht dahin, bis er bemerkte, dass ein trüber Lichtschimmer durch die immer noch in der Luft hängende Staubwolke drang. Vorsichtig tastende Schritte kamen näher. Jemand wäre fast über ihn gestolpert. Ein Fluch erklang und tastende Finger strichen über seinen Körper. Kräftige Hände griffen zu und hoben seinen Oberkörper an.

Changa stöhnte auf, als der Fremde versuchte, ihn ein Stück weit ins Licht zu ziehen. Seine rechte Wade fühlte sich an, als sei sie völlig zermalmt. Bislang hatte der Schock die Nervenbahnen blockiert, aber jetzt schlug der Schmerz mit voller Wucht zu. Das und der Schock waren einfach zu viel. Changas Bewusstsein versank in Finsternis und Lautlosigkeit.

Als er wieder zu sich kam, war das Erste, was Changa sah, der Bossman, der breitbeinig im Gang stand und auf ihn herabsah.

»Na, du lebst ja doch noch!«, stellte er fest. »Deinem Schlepp geht es auch schon wieder besser.«

Changa sah sich nach Cecil um, der an der Schachtwand saß und mit glasigen Augen vor sich hin starrte.

»Ich habe oben angerufen, dass der Aufzug auf dieser Ebene für euch hält«, sagte der Vorarbeiter stolz, als sei das eine ganz herausragende Heldentat. »Ihr solltet machen, dass ihr möglichst schnell zum Schacht kommt.«

»Danke, Bossman«, sagte Changa und rappelte sich mühsam auf. Ihm war schwindlig und das rechte Bein tat wahnsinnig weh, aber noch einmal in Ohnmacht zu fallen, kam nicht infrage. Nicht vor dem Bossman!

»Cecil, komm, wir müssen los!«

Cecil sah Changa zuerst nur verständnislos an. Es schien, als würden die Worte eine Weile brauchen, um in sein Bewusstsein vorzudringen. Dann richtete Changas Freund sich aber mühsam auf.

Der Weg bis zum Aufzug war weit. Krankentragen gab es hier unten natürlich nicht und so mussten die beiden Verletzten zusehen, wie sie aus eigener Kraft dorthin kamen. Auch der Bossman dachte nicht im Traum daran, den beiden zu helfen. Das wäre völlig unter seiner Würde gewesen. Er sah nur teilnahmslos zu, wie seine beiden Arbeiter sich taumelnd und vor Schmerzen stöhnend auf den Weg machten, und ging dann wieder in die Zentrale dieser Ebene zurück.

Qualvolle zwanzig Minuten später hatten Changa und Cecil den Aufzugsschacht erreicht. Cecil hatte sich unterwegs immer wieder an der Wand abstützen müssen. Er war ziemlich benommen und hatte ernsthafte Probleme, das Gleichgewicht zu halten. Dabei war er immer noch besser vorangekommen als Changa, der sich auch an der Felswand entlangschob und jedes Mal seinen ganzen Mut zusammennehmen musste, um das verletzte Bein zu belasten. Völlig erschöpft ließen Changa und Cecil sich neben dem Scherengitter des Aufzugs auf den staubigen Boden sinken.

Sehnsuchtsvoll schaute Changa ein Stück weit den Schacht hinauf. Eintausenddreihundertzweiundachtzig Meter trennten sie vom Tageslicht und die einzige Verbindung dorthin war dieser altersschwache Lastenaufzug.

Ein Rumpeln erklang im Schacht und Changa stieß Cecil an, der den Kopf in die Hände gelegt hatte und vor sich hin döste. Als er aber wieder durch das Scherengitter sah, polterte die große, offene Kabine auf dem Weg nach unten an ihm vorbei. Sie ruckelte hin und her und die neun leeren Grubenwagen, die dicht bei dicht darin standen, schlugen aneinander und gaben ein blechernes Geklapper von sich.

Enttäuscht ließ Changa sich wieder zurücksinken.

Das konnte noch dauern, bis die Kabine auf ihrem Weg nach oben wieder hier vorbeikam, und ob sie dann auch anhielt, war noch eine ganz andere Frage. Blieb nur zu hoffen, dass der Maschinist, der den Aufzug bediente, nicht vergesslich war.

»Du – blutest!«, brachte Cecil mühsam hervor und zeigte mit unsicherer Geste auf Changas Bein.

Changa sah an sich herab und bekam einen Schreck. Dass seine Verletzung so schlimm war, hatte er noch gar nicht gemerkt. Die Haut an seiner Wade war weit aufgerissen und aus der Wunde war in der kurzen Zeit so viel Blut gesickert, dass es jetzt schon eine kleine Pfütze bildete. Er beugte sich vor und sah genauer hin. Tropfen für Tropfen fiel zu Boden. Warum hörte das denn nicht auf? Eilig zog er sich das T-Shirt über den Kopf und mit einiger Mühe gelang es ihm, einen langen Streifen aus dem Stoff herauszureißen. Diesen Streifen drehte er zu einem kurzen Strick, legte ihn knapp unter dem Knie um das Bein und verknotete ihn, so stramm er konnte. Die Blutung hörte davon zwar nicht auf, aber Changa hatte den Eindruck, dass es jetzt doch etwas langsamer tropfte.

Nach einiger Zeit, es mochte eine halbe Stunde vergangen sein, kam die Kabine wieder von unten heraufgepoltert und hielt tatsächlich an. Es waren keine Menschen darin, nur neun voll beladene Grubenwagen füllten das Geviert vollständig aus. So schnell er konnte, half Changa Cecil, sich unten zwischen die Wagen zu schieben, kroch selbst in eine

Lücke zwischen den Rädern und zog das Gitter wieder zu. Sofort ruckte der Aufzug wieder an und quälte sich Meter für Meter nach oben. Endlich kamen sie raus hier. Noch nie in seinem Leben hatte Changa sich so sehr nach Luft und Sonne gesehnt.

Oben angekommen wurden Changa und Cecil von dem Ingenieur der Mine erwartet, den die Arbeiter nur »Gehtschon« nannten. Das war natürlich nicht sein richtiger Name, aber trotzdem passte er perfekt zu ihm. Egal, was für Sorgen die Arbeiter ihm vortrugen: Er tat nie etwas, außer sie nach einem flüchtigen Blick auf das Problem zu beschwichtigen. Ein paar Strebbalken waren gebrochen: »Das geht schon!« Sickerwasser drang aus der Decke: »Ach, das geht schon!« Sie drangen mit ihrem Stollen in viel zu lockeres Gestein vor: »Das geht schon. Macht weiter!« Etwas anderes bekam man von ihm nicht zu hören, aber sich zu beschweren hätte keinen Sinn gehabt, weil er mit dem Besitzer der Mine verwandt war.

Halb rechnete Changa damit, sofort wieder in das Bergwerk geschickt zu werden. »Eine Wunde am Bein? Ist ja nur das rechte. Das geht schon!« Aber ganz so schlimm kam es dann doch nicht.

»Ihr habt den Stollen falsch gegraben!«, wurden Changa und Cecil von Gehtschon empfangen, der sie dabei streng ansah.

»Wieso das denn?«, fragte Changa mit schmerzverzerrtem Gesicht. Das Bein tat höllisch weh und immer noch sickerte Blut aus der Wunde.

»Die Decke war viel zu breit ausgehauen, hat mir euer Bossman am Telefon erzählt. Das musste ja einstürzen!«

»Das stimmt nicht!«, protestierte Changa und auch Cecil, der ihn stützte, schüttelte vorsichtig den Kopf.

»Wollt ihr mir sagen, dass euer Bossman lügt?« Gehtschon zog die Augenlider zu schmalen Schlitzen zusammen. »Wir können hier auf ihn warten. Er kommt mit dem nächsten Aufzug rauf.«

»Nein. Schon gut!« Changa gab auf. Die Chefs würden ja sowieso zusammenhalten und da hatten Cecil und er keine Chance. Nun war er also plötzlich schuld an dem Einsturz.

»Und was ist jetzt mit euch?«, fragte der Ingenieur ungeduldig. »Seid ihr verletzt?«

»Ja, Sir!«, sagte Changa brav, obwohl ihm die Frage sofort die Galle hochtrieb. Es war doch ganz offensichtlich: Cecil blutete immer noch aus einer klaffenden Platzwunde am Kopf und von zwei übel gequetschten Fingern seiner linken Hand tropfte auch noch das Blut. Er war immer noch stark benommen und konnte dem Gespräch kaum folgen, während Changa sich auf ihn stützte, um das verletzte Bein zu schonen.

»Dann seid mal froh, dass wir hier ein Krankenhaus für euch haben. Da könnt ihr hingehen. Ihr seid doch im Gesundheitsprogramm, oder?«

»Ja, sind wir. Kann – können wir denn wiederkommen?« Changa wollte seinen Job nicht verlieren. In der Mine gab es weit und breit die einzige Arbeit, für die bar bezahlt wurde, und schließlich wollte er im nächsten Jahr heiraten. Seine Eltern hatten schon mit den Eltern der Braut verhandelt und eigentlich war man sich einig. Nur war der Brautpreis leider enorm hoch.

»Wir werden sehen, ob ihr wieder hier arbeiten könnt.« Den Ingenieur interessierte es nicht weiter, was aus Changa und Cecil wurde. »Meldet euch einfach, wenn ihr wieder okay seid.«

»Ja, Sir!« Das war zumindest nicht das Ende aller Hoffnung und Changa wandte sich ab.

»Wartet mal! Wo ist eigentlich euer Werkzeug?«

»Ist verschüttet worden«, sagte Changa über die Schulter hinweg.

»Deins auch?«, wandte sich der Ingenieur an Cecil.

Der schreckte kurz aus seinem Dämmerzustand auf. »Was?«, fragte er nach.

»Dein Werkzeug, wo ist es?«

»Äh, weg«, brachte Cecil mühsam hervor.

»Äh, weg!«, äffte der Mann Cecil nach. »Werkzeug ist immer mitzuführen«, zitierte er dann einen Passus aus der Bergwerksordnung. »Für den Verlust seid ihr haftbar und das Geld wird von eurem Lohn einbehalten.«

Einen Moment lang war Changa drauf und dran, die Beherrschung zu verlieren. Da waren sie wegen der Schlamperei der Bergwerksleitung fast umgekommen und nun bekamen sie auch noch den Lohn gekürzt. Aber so schnell die Wutwelle in ihm hochgestiegen war, genauso schnell ebbte sie wieder ab. Es hatte ja doch alles keinen Zweck, und egal wie eindringlich sie jetzt widersprachen, sie konnten ihre Lage nur noch verschlimmern.

Gehtschon zog Notizbuch und Kugelschreiber aus den Taschen seines Overalls und begann zu schreiben. Changa sah ihm zu und wartete, was jetzt wohl noch kam.

»Ist noch was?« Der Ingenieur sah von dem Heft auf.

»Könnte uns vielleicht jemand zum Krankenhaus fahren?«

»Was?« Der Ingenieur tat so, als würde er überlegen, und sah beiläufig auf Changas blutende Wade. »Nein, das geht nicht«, sagte er dann. »Der Transporter ist gerade in die Stadt unterwegs und kommt so schnell auch nicht zurück. Dein Freund kann dir ja helfen. Sonst noch was?«

»Nein.« Changa wandte sich endgültig ab und humpelte auf Cecil gestützt davon. Keine fünf Meter entfernt stand der chromglänzende Geländewagen, mit dem der Ingenieur gekommen war. Bei jedem Schritt jagte eine Schmerzwelle durch Changas Körper und in diesem Moment empfand Changa Masaku etwas, das er so noch nie bei sich erlebt hatte: blanken Hass!

Changa und Cecil kannten den Weg zum Krankenhaus, das nur etwa einen Kilometer entfernt ganz am Rand des Betriebsgeländes lag. Schließlich nahmen sie am Gesundheitsprogramm der Bergwerksgesellschaft teil und hatten sich verpflichtet, jeden Tag nach der Schicht dort ihre Tabletten abzuholen. Sie wussten zwar nicht, was sie da so einnahmen, aber bei der einheimischen Bevölkerung galten Tabletten jeder Art als sehr starke und gute Medizin. Also war es ihnen egal, was genau man ihnen verabreichte. Sogar aus den umliegenden Dörfern kamen die Menschen täglich in die Klinik. Die Sache brachte ihnen daneben auch noch einen weiteren Vorteil ein, denn wer sich an dem Programm beteiligte, wurde im Krankenhaus gratis behandelt. Eine Ausnahme bildeten hier allerdings die vielen HIV-Positiven, von denen nur eine sehr kleine, genau ausgewählte Gruppe mit Medikamenten versorgt wurde. Für Changa ein Zeichen dafür, dass die weißen Ärzte mit ihrer Wundermedizin auch nicht allmächtig waren.

Nur ein Kilometer, aber für den Weg, den man leicht in fünfzehn Minuten schaffen konnte, brauchten Changa und Cecil mehr als eine Stunde. Dumpf hallte das Dröhnen des Brechwerks über das ganze Gelände. Dort wurde das geförderte Gestein von riesigen, schnell laufenden Zahnwalzen zerkleinert. Das Wummern der schweren Maschine bohrte sich fast schmerzhaft in Changas Schädel. Immer wieder lockerte sich der T-Shirt-Streifen und musste neu verknotet werden. Jeder Schritt war eine Qual und zu allem Überfluss schwoll Changas Wade immer mehr an. Der Schmerz war kaum auszuhalten und je näher sie der Klinik kamen, desto langsamer ging es voran.

Irgendwann ließ der Schmerz dann nach und ein taubes Gefühl machte sich in dem verletzten Fuß bemerkbar. Nun ging es noch langsamer und beide waren völlig erschöpft, als sie den mannshohen Stacheldrahtzaun, der das Krankenhausgelände vom Bergwerk trennte, erreichten. Zwei Wachleute durchsuchten sie nach versteckten Diamanten. Sie waren aber nicht sehr gründlich dabei. Einer von ihnen öffnete schon bald das schmale Tor in dem Zaun und nun war Hilfe nicht mehr fern.

Zuvor mussten Changa und Cecil aber noch durch eine Ansammlung von Zelten und Sonnenschirmen, die sich etwas abseits des Haupteingangs ausgebreitet hatte. Hier hatten einige Verwandte von auswärtigen Patienten ihr Lager aufgeschlagen. Changa hörte nicht auf die Rufe flüchtiger Bekannter. Die Schmerzen waren mittlerweile so stark, dass er es kaum noch aushalten konnte.

Um seine tägliche Medizin abzuholen, musste Changa immer zu den Containern gehen, die ein Stück weit abseits des eigentlichen Krankenhauses standen. Von Weitem machte die Anlage den Eindruck eines festen Gebäudes, aber in Wirklichkeit war es nur eine Reihe großer, klimatisierter Blechkästen, über die man ein gemeinsames Segeltuchdach gespannt hatte. Dort wurden die Tabletten ausgegeben und dort gab es auch Labors, in denen den Patienten Blut- und Gewebeproben entnommen wurden. Manchmal wurde man auch zu einer gründlichen Untersuchung gerufen, aber Changa wusste, dass es sinnlos war, dorthin zu gehen, wenn man wirklich krank war. Notfälle wurden nur in dem kleinen, alten Krankenhaus behandelt.

Changa spürte, dass seine Kräfte immer mehr schwanden. Trotz der Hitze auf dem Hof fröstelte er und fast wäre er auf den letzten Metern noch gestürzt.

Vom Aussehen her war die kleine Klinik den windschiefen Bretterbuden, die die Bergwerksgesellschaft ihren Arbeitern als Unterkunft bot, ähnlicher als den modernen Laborcontainern nebenan. Das Strohdach, die Lehmwände und die grob gezimmerten Holzfensterläden ließen vermuten, dass man an den Baukosten gespart hatte, wo man nur konnte. Das Einzige, was darauf hindeutete, dass es sich hier um ein Krankenhaus handelte, war ein handgemaltes Schild über dem breiten Eingang. *Randall-Stevens-Medical-Center* stand darauf, der Name des Gründers der Diamantmine, der sich mit der Klinik noch in seinem Todesjahr ein Denkmal hatte setzen wollen.

Hier war Changa noch nie gewesen. Er kannte die Regeln nicht, die hier galten, und der Eintritt in das Wartezimmer, das zum Hof hin offen war, ließ seinen Mut sinken. Insgesamt fünf Patienten saßen auf den langen Holzbänken, mit denen der Raum ausgestattet war. Das konnte dauern. Gerade wollte er sich mit Cecil auch auf so eine Bank setzen, als er von einem Wachmann bemerkt wurde, der hinter einem Schalterfenster am Ende des Raums saß.

»Kommt mal her, Leute!«, rief der Mann. »Ihr müsst euch eintragen, sonst kommt ihr nie dran.«

Changa und Cecil schleppten sich mühsam zu dem Fenster, aus dem ein Hauch kühler Luft wehte. Dort begann wohl der klimatisierte Bereich.

»Wie seht ihr denn aus?«, nörgelte der Mann hinter der Glasscheibe. »Ihr seid ja total verdreckt!« Aber dann merkte er endlich, dass etwas nicht stimmte. »He, ihr seid ja verletzt!«

»Unser Stollen ist eingebrochen«, brachte Changa mühsam hervor. Noch immer brannte der Staub in seiner Kehle und vom Marsch durch die glühende Sonne hatte er enormen Durst bekommen.

»Na, dann kommt mal rein!« Der Mann hinter dem Schalter stand auf und öffnete die Tür neben seinem Fenster. Hinter Changa wurde unwilliges Gemurre der anderen Patienten laut, aber er achtete nicht darauf.

Zwei Krankenpfleger tauchten auf. Einen von ihnen kannte Changa. Er hieß Ben und war manchmal bei der Medikamentenausgabe in den Containern dabei.

Keine Minute später fanden sich Changa und Cecil in der angenehm kühlen Notaufnahme auf zwei Behandlungstischen wieder, Ben und sein Kollege reinigten und desinfizierten die Wunden notdürftig. Danach waren Changa und Cecil bereit, dem Arzt im Behandlungsraum vorgeführt zu werden.

Hier sah es schon mehr nach Krankenhaus aus. Die voll klimatisierte Umgebung war für Changa, als sei er plötzlich auf einem anderen Planeten gelandet. Alles hier war rechtwinklig, weiß, chromglänzend und sauber.

Der Doktor war ein Weißer, wie alle Ärzte hier. Er war schon etwas älter und strahlte eine ruhige Energie aus, die sofort Vertrauen einflößte. Ohne Zeit zu verlieren, wurden bei Cecil zunächst die gequetschten Finger mit einem Verband ruhiggestellt. Danach wurde er ein Zimmer weiter geführt, wo ein anderer Arzt die Platzwunde an seinem Kopf nähte. Er ließ das alles teilnahmslos über sich ergehen und machte eigentlich einen ganz guten Eindruck, wenn seine Reaktionen auch alle stark zeitverzögert waren.

Changa sah noch durch die offene Tür, wie man Cecil mit einer Taschenlampe in die Augen leuchtete, wobei der Arzt ein besorgtes Gesicht machte, dann fiel er kraftlos zurück auf die Liege.

Nun war Changa an der Reihe, der fröstelte und langsam in eine Art Dämmerschlaf hinüberglitt. Er musste seinen Namen nennen, den der Arzt in ein Notebook eingab. Einer der Pfleger hatte mittlerweile den Blutdruck bei ihm gemessen und dem Arzt das Ergebnis gezeigt. Daraufhin hatte er gleich noch mal messen müssen, aber an den Werten hatte sich wohl nicht viel geändert. »Total im Keller!«, hatte der Mann geflüstert.

»Sofort zwei Blutkonserven!«, ordnete der Arzt an, der sich auf dem Bildschirm Changas Akte ansah, nachdem er sich zuerst die Verletzung angeschaut hatte.

»Mir ist kalt.« Changa schauderte heftig.

»Das kommt vom Blutverlust«, antwortete der Arzt über die Schulter hinweg.

»He, Doktor Lerch, ich kenne den«, schaltete Ben sich ein. »Hab letztens bei der Medikamentenausgabe geholfen. Der ist im Programm. Der kriegt Gerinnungshemmer.«

»Das sehe ich!« Der Arzt schaute vom Bildschirm auf. »Verdammter Mist«, fluchte er, stand vom Schreibtisch auf und fing an, Changas Fuß zu betasten. »Kaum noch durchblutet«, stellte er fest. »Möglicherweise sind schon Nerven und Gewebe geschädigt. Mist, Mist, Mist! Die Blutgerinnung ist gleich null! Er kriegt einen Druckverband und zwei Blutkonserven. Zusätzlich Vitamin-K-Tropf, und in einer Stunde ab in den OP. Ich sage Doktor Chatel Bescheid, dass sofort operiert werden muss.«

»Ist gut!« Der Pfleger nickte und verließ den Raum, um die Blutkonserven zu holen.

»Tja, das sieht leider nicht so gut aus«, wandte der Arzt sich an Changa. »Du wärst fast verblutet. Du hättest sofort kommen sollen, als es passiert ist.«

»Ich war unten im Bergwerk«, erklärte Changa mit matter Stimme.

»Ach so.« Der Arzt wusste natürlich, dass man da unten von der Welt völlig abgeschnitten war.

»Und dann musste ich auch noch den Weg hierher laufen.«

»Was? Mit *der* Verletzung?« Der Arzt war entsetzt. »Kein Wunder, dass dein Fuß so aussieht!«

»Wieso?« Changa versuchte, sich aufzurichten, fiel aber sofort wieder zurück. »Was ist denn mit mir? Was ist denn mit meinem Fuß?«

Und dann sagte der Arzt den Satz, den Changa nie mehr in seinem Leben vergessen würde: »Mach dir nicht zu viele Sorgen, Junge. Ich denke, wir können dein Bein noch retten.«

Tamerlan

Am Montagmorgen kurz vor zehn Uhr saß Wilken mit den anderen Mitgliedern des Teams im Archivkeller und wartete darauf, was Messie, der Zentralcomputer der International Benefit Foundation, ihnen mitzuteilen hatte. Er war zwar erst spät in der Nacht in Cardiff gestartet, aber um diese Zeit war der Motorway ziemlich leer gewesen und er hatte die gut 140 Meilen trotz zwei kleiner Pausen in zweieinhalb Stunden geschafft.

Fiona machte ein recht vergnügtes Gesicht. Sie schien mit ihrem Skorpion oder irgendwelchen anderen Ekligkeiten gut vorangekommen zu sein und auch François machte einen ausgeruhten, gut gelaunten Eindruck.

Der Einzige, der ein bisschen mufflig war, war Walter. Möglicherweise lag das daran, dass er diesmal nicht von der Zentrale vorinformiert worden war, worum es bei der Besprechung gehen sollte. Ausnahmsweise mal nicht mehr zu wissen als die anderen Mitglieder des Teams behagte ihm überhaupt nicht. Mit betont gelangweilter Geste schaltete er den Rechner ein, der die Verbindung zur Zentrale automatisch herstellte, und setzte sich.

Zuerst leuchtete auf dem großen Bildschirm das I.B.F.-Logo auf und erlosch wieder. Messie tauchte auf oder vielmehr der Avatar, den sie sich heute ausgesucht hatte: eine silbergraue Katze, deren Gesicht ein wenig dunkler war.

»Wow!« Fiona mochte Katzen sehr und Messies Auftritt beeindruckte sie sichtlich. »Kannst du auch sprechen?«

»Klar doch!«, meinte die Katze auf dem Bildschirm und grinste breit.

»Und hast du auch einen Namen?«

»Tamerlan«, kam die Antwort. »Ich bin nämlich ein Kater!«

»Oh, Mann, es wird schlimmer mit Messie«, stöhnte François.

»Wieso?«, kam es aus den Lautsprechern. Der Kater hob eine Pfote und ließ kurz seine Krallen sehen. »Hast du was gegen mich?«

»Themenwechsel!«, verordnete Walter. »Nun sag uns doch mal bitte ohne weitere Faxen, was du uns mitteilen möchtest.«

»Ja, sofort«, kam es von Messie/Tamerlan. »Ich muss nur noch gerade Alex gratulieren. Immerhin haben er und seine – ähem – Freundin den zweiten Platz auf der Retro-Party in Cardiff gemacht.«

»Woher weißt du das denn nun schon wieder, Schnüffeltante?« Wilken war eindeutig nicht begeistert davon, dass der Supercomputer, der irgendwo auf der Welt stand, schon wieder in seinem Privatleben herumgestochert hatte.

»Ich habe nur den Online-Artikel vom *South Wales Echo* gelesen«, verteidigte Messie sich. »*Zweiter Platz in der Fünfzigerjahre-Kategorie: M. Flaherty und A. Wilken* steht da. Gratuliere!«

»Danke!« knurrte Wilken gequält. Da war es nun ausgerechnet Maggies Artikel gewesen, der diese Indiskretion ausgelöst hatte. Trotzdem: »Du gehst mir ganz schön auf den Senkel mit deiner ewigen Schnüffelei.«

»Das tut mir leid, aber ich lese nun mal alle Online-Zeitungen weltweit, sobald sie aktualisiert werden. Das liegt an meinen Einstellungen.«

»Dann lass dich doch mal so einstellen, dass du solche Privatsachen einfach für dich behältst«, schlug Wilken vor. »Können wir jetzt bitte zur Sache kommen?«

»Sicher!«, sagte der Kater betont kühl und ein Aufatmen ging durch den Archivkeller. Alle hier im Raum wussten, dass der Supercomputer aus irgendeinem Grund eine besondere Vorliebe für Alex Wilken hatte, was der aber überhaupt nicht schätzte. Die daraus resultierenden Reibereien gingen ihnen allen mittlerweile ziemlich auf die Nerven, und wenn Messie jetzt endlich mal was zum aktuellen Fall sagen wollte, dann war ihnen das nur recht.

»Also«, fing Messie an. »Unser aktuelles Zielobjekt ist das Randall-Stevens-Medical-Center, eine Buschklinik im nördlichen Simbabwe.«

»Buschklinik?«, fragte Walter nach. »Hört sich doch eigentlich ganz gut an. Südostafrika ist medizinisch sowieso total unterversorgt; da kann doch niemand was gegen eine Buschklinik haben. Dieser Randall Stevens scheint mir ein richtiger Wohltäter zu sein.«

»Kein Wohltäter. Ein englischer Abenteurer«, erklärte Messie. »War eine Zeit lang im Gefolge von Cecil Rhodes, hat sich dann aber selbstständig gemacht und eigene Diamant-Schürfrechte erworben. Das war in den 1880er-Jahren. Mittlerweile ist die Mine aber völlig heruntergekommen.«

»Und was hat das alles mit dem Krankenhaus zu tun?« Fiona wurde langsam ungeduldig.

»Stevens hat das Krankenhaus in den 1930er-Jahren erbauen lassen, als er selbst bereits todkrank war. Er wollte wohl ganz schnell noch etwas Gutes tun. Vor ein paar Jahren wurde das Haus dann geschlossen, weil die Bergwerksgesellschaft kein Geld mehr dafür aufbringen konnte.«

»Zur Sache!«, mahnte Walter.

»Oh, ich bin bei der Sache!«, erklärte Tamerlan ein wenig hochnäsig. »Jetzt pumpt jedenfalls ein Konsortium aus verschiedenen europäischen Pharmafirmen Geld in die Bergwerksgesellschaft und die haben dafür das Recht erhalten, ein Testlabor auf dem Betriebsgelände zu errichten. Den Namen von Randall Stevens und das alte, kleine Krankenhaus benutzen sie nur noch zu Verschleierungszwecken.«

»Testlabor?« François verstand nicht ganz. »Was heißt das?«

»Es gibt quasi zwei Abteilungen auf dem Gelände«, antwortete Tamerlan. »Einmal ein kleines Krankenhaus, wo den Menschen wirklich geholfen wird, und dann noch dieses hochmoderne Labor. Dort werden Medikamententests an Menschen durchgeführt. Die bekommen Mittel verabreicht, die hier noch nicht zugelassen sind. Die Gesetze lassen so etwas in Europa nicht zu, deshalb führt man die Versuche unter falscher Flagge in Afrika durch.«

»Verstehe! Nach den ersten Tierversuchen sind die Bergleute dran, und wenn die die Tests auch überstehen, dann forscht man hier weiter und bringt das Medikament zur Serienreife.« Auf Fionas Stirn war eine steile Falte erschienen.

»So ähnlich«, bestätigte Messie. »Es geht dort aber schon lange nicht mehr nur um die Bergleute. Das Versuchslabor ist zu einem supermodernen Containerdorf neben dem alten Krankenhaus ausgebaut worden. Über zehn Leute arbeiten dort, während die eigentliche Klinik nur einen Personalstamm von zwei Ärzten und zwei Pflegekräften hat. Es ist übrigens das einzige Krankenhaus weit und breit und die Einheimischen laufen hundert Kilometer und mehr, um dort behandelt zu werden.«

»Und unwissentlich Versuchskaninchen zu spielen«, ergänzte Wilken.

»In vielen Fällen ist das so«, meinte Messie. »Aber es gibt eine gute Nachricht: Das Afrika-Team ist auch an der Sache dran und wir haben einen Informanten innerhalb der Klinik. Einer der Ärzte ist mit dem, was dort passiert, nicht einverstanden und will aussagen. Er hat sich heimlich an die WHO-Außenstelle in Brazzaville gewandt und ist bereit, Aussagen zu machen, die die Pharmakonzerne schwer belasten.«

»Und die schlechte Nachricht?«

»Seine Aussage wird nicht reichen. Sein Wort stände gegen das seiner Kollegen. Was gebraucht wird, sind handfeste Beweise, aber auf offiziellem Weg ist da natürlich nichts zu erreichen.«

»Also sollen wir Untersuchungsergebnisse aus den Testreihen beschaffen«, vermutete Walter.

»Und Aussagen einzelner Patienten, die dort im Testprogramm sind oder waren«, bestätigte Messie. »Einfach alles, was Beweiskraft hat.«

»Warum kontrollierst du nicht einfach den Datenaustausch zwischen der Klinik und den Pharmafirmen? Dann hätten wir doch alles, was wir brauchen«, fragte Fiona.

»Würde ich ja machen«, antwortete der sprechende Kater auf dem Bildschirm. »Nur leider findet kein Datenaustausch statt.«

»Was, die haben kein Internet in der Klinik?« François konnte es nicht glauben.

»Die haben alles«, widersprach Messie, »Internet und Satellitentelefon, aber sie benutzen es nicht für den Austausch von Patientendaten. Die Analyse der Blut- und Gewebeproben wird auf Datenträger überspielt und einmal wöchentlich per Kurier an die beteiligten Firmen geschickt.«

»Ganz schön vorsichtig«, meinte Wilken. »Denen

muss jemand verraten haben, dass man jeden verschlüsselten Datensatz auch wieder entschlüsseln kann.«

»Ist eine reine Zeitfrage«, meinte Tamerlan dazu. »Gib mir zwei Minuten und ich knacke dir jeden Code.«

»Also sollen wir diese Datenträger beschaffen und Zeugen finden, die bereit sind auszusagen«, stellte Walter fest.

»Ist schon so gut wie erledigt«, meinte François.

»Reicht aber nicht!« Messie/Tamerlan schüttelte den Kopf. »Was wir brauchen, sind Blut- und Gewebeproben, um sie von neutraler Stelle untersuchen zu lassen, und es wäre gut, wenn dann auch beweiskräftiges Material dabei wäre.«

»Also müssen wir in die Klinik einbrechen und das Zeug klauen!« Wenn es um klare Worte ging, war François unschlagbar.

Tamerlan nickte. »Nehmt besser Kühlboxen mit.«

»Aber dann sind die Beweise illegal beschafft worden und nicht gerichtsverwertbar«, gab Walter zu bedenken.

»Macht nichts.« Tamerlan leckte sich über die Pfote und sprach dann weiter. »Beweis ist Beweis und die internationale Presse würde auf jeden Fall darüber berichten.«

»Schlecht für die beteiligten Firmen!«, meinte Wilken.

»Sehr schlecht sogar«, grinste der Kater auf dem Bildschirm. »Aber es muss ja nicht so weit kommen.

Wenn sie die Versuche einstellen und das Krankenhaus als einfache Buschklinik weiterbetreiben, wird niemand jemals etwas über den Fall erfahren.«

»Finster!« Mehr hatte Wilken dazu nicht zu sagen.

»Erpressung also!« Auch Walter machte einen nachdenklichen Eindruck.

»Nicht mehr als ein fairer Deal«, widersprach Tamerlan. »So hören die Menschenversuche auf und die Notfallklinik bleibt bestehen. So vermeiden wir, dass es bloß ein paar Verurteilungen gibt und das Krankenhaus daraufhin einfach geschlossen wird. Dann gäbe es im weiten Umkreis überhaupt keine medizinische Versorgung mehr. Die Menschen dort würden wieder an einer einfachen Blinddarmentzündung sterben, wie noch vor ein paar Jahren.«

»Also mich hast du überzeugt!«, stellte Fiona fest und sah ihre Kollegen auffordernd an.

»Hört sich machbar an«, stimmte François zu. »Wird mir ein Vergnügen sein.«

»Nicht die sauberste Lösung«, meinte Wilken, »aber unter den gegebenen Umständen wohl das Beste.«

»Erzähl uns doch mal was über die geplante Vorgehensweise.«

Interessant, wie Walter sich vor einer ausdrücklichen Zustimmung drückte, fand Wilken.

»Und vor allem: Warum bringt das Afrika-Team die Sache nicht zu Ende, wenn es doch schon dran ist?«, hakte Walter nach.

»Geht nicht!« Tamerlan schüttelte leicht den Kopf.

»Hat was mit Social Engineering zu tun. Um das ganze Paket richtig glaubhaft zu schnüren, brauchen wir einen weißen Investor, der den Eindruck erweckt, dass man ihn leicht übers Ohr hauen kann. Den spielt Alex. Fiona und Walter bleiben total im Hintergrund und reden mit unserem Informanten. Für François steht eine kleine Piper bereit, um eure Beweglichkeit zu garantieren. Im Großen und Ganzen steht der Plan schon. Hercule und seine Leute haben die Sache wirklich prima vorbereitet.«

»Na, dann erzähl doch mal«, forderte Walter und Messie in Katergestalt legte los. Was sie vorbrachte, konnte man mit etwas gutem Willen als halbwegs ausgereiften Plan bezeichnen, aber das war bei den Einsätzen des Teams immer so. Vieles ergab sich erst vor Ort und musste spontan entschieden werden. Wilken empfand es fast schon als Luxus, dass diesmal überhaupt eine Vorplanung möglich war und das Team nicht einfach so ins kalte Wasser springen musste.

»Und wann soll es losgehen?«, wollte François wissen, als die wesentlichen Fakten besprochen waren.

»Ach so.« Tamerlan sah auf seinen linken Vorderlauf, an dem plötzlich eine Armbanduhr aufblitzte. »In etwa einer halben Stunde müsste der FedEx-Bote kommen, der Alex seine neue Identität bringt. Mach dich in Ruhe vertraut damit. Ihr werdet erst morgen früh in Brazzaville erwartet.«

»Sehr lustig«, brummte Wilken.

»Katerhumor«, vermutete François.

»Wieso Kater?«, fragte Tamerlan. Ein Stück Fell löste sich von seinem Kopf, fiel zu Boden und rannte als Maus davon. Jetzt lösten sich gleich mehrere Fellstücke und schneller, als ein Kartenhaus zusammenfällt, hatte Tamerlan sich in lauter Mäuse zerlegt, die in allen Richtungen aus dem Bild rannten. Die letzte Maus stoppte noch mal kurz und winkte grinsend. Dann verschwand auch sie. Zurück blieb nur ein leeres Katzenkörbchen.

»Auch eine Art, ein Gespräch zu beenden«, meinte Walter und schaltete den Bildschirm aus.

Cecil

Als Changa den Lichtschimmer wahrnahm, war er sich zunächst gar nicht bewusst, was mit ihm geschehen war. Der erste Impuls war, sich aufzurichten. Er wollte nachschauen, ob der rechte Fuß noch da war, aber kein Muskel gehorchte ihm. Er spürte, wie die Angst sich regte. Woher kam das Licht? Warum konnte er sich nicht bewegen? Wo war er? Lag er in einem Bett oder war er während der Operation gestorben und dies hier war eine Totenbahre?

Niemand hatte es für nötig gehalten, ihm zu sagen, wie es weitergehen sollte, als die Untersuchung abgeschlossen war. Der Arzt war seiner Wege gegangen und der Pfleger hatte Changa eine Nadel in den Arm gestochen, durch die frisches Blut aus einem Plastikbeutel in seinen Körper lief. Unheimlich war es gewesen, dabei zuzusehen, wie der Beutel sich langsam leerte und das fremde Blut unaufhaltsam in ihn eindrang. Changa war nicht sonderlich abergläubisch, aber er war sehr beunruhigt gewesen, weil er nicht gewusst hatte, von wem das Blut stammte. War es ein guter oder ein böser Mensch gewesen? Konnte es sein, dass das Blut des Fremden nun Macht über ihn gewann?

Dazu kam noch, dass der Fuß, der sich zuletzt eher taub angefühlt hatte, wieder angefangen hatte zu schmerzen. Changa hatte das dem Pfleger gesagt, als der gekommen war, um eine neue Blutkonserve anzuschließen.

»Das ist gut«, hatte der Pfleger nur gemeint und war eilig wieder gegangen. Was war das nur für eine Welt, in der man das Blut und vielleicht auch die Seele eines Fremden bekam? Und warum war es gut, wenn man Schmerzen hatte? Changa hatte es nicht verstanden und die Angst hatte immer mehr zugenommen. Dennoch war er still liegen geblieben, denn zumindest der Schüttelfrost hatte nachgelassen.

Dann war endlich der Moment gekommen, dass er in den Operationsraum gebracht werden sollte. Ohne ein Wort hatte der Pfleger eine kleine Spritze in den Schlauch, der zu Changas Arm führte, entleert und dann wusste Changa von nichts mehr.

Sie mussten ihn betäubt haben. Es war wie ein tiefer, traumloser Schlaf gewesen; vielleicht auch wie der Moment des Sterbens, wenn alle Sinne erlöschen.

Changa war sich nicht sicher, ob er noch lebte. Er nahm alles nur verschwommen wahr, und sosehr er sich auch anstrengte, kein Muskel wollte ihm gehorchen. Es war, als sei seine Seele nur noch durch einen hauchdünnen Faden mit seinem Körper verbunden, und er hatte Angst, dass diese Verbindung auch noch abriss.

Sakile tauchte vor Changas Augen auf, das Mädchen, das er im nächsten Jahr heiraten würde. Sie war so nahe. Er wollte zu ihr. Er versuchte, sich mit aller Macht aufzurichten, und tatsächlich gelang es ihm, den Oberkörper ein wenig zur Seite zu drehen.

»Nun mal nicht gleich so wild!« Eine junge Weiße erschien in Changas Blickfeld, setzte sich halb auf sein Bett und drückte seine Schultern sachte nach unten. »Ganz ruhig«, lächelte sie ihn an, »sonst fällst du mir noch raus.«

»Mein Bein, was ist mit meinem Bein?«, wollte Changa die Frau fragen, aber seine Stimme gehorchte ihm nicht. Er brachte nur ein hektisch-panisches Keuchen hervor und sah sie entsetzt an.

»Ruhig! Nur ruhig!«, redete die Krankenschwester auf ihn ein. »Alles ist gut!«

Nichts war gut! Überhaupt nichts, solange Changa nicht wusste, wie die Operation verlaufen war. »Bein!«, stieß er mit aller Willensanstrengung hervor und gleich noch einmal: »Bein! – Wie viele?«

Die Schwester sah auf das Unterteil von Changas Bett und lachte. »Zwei!«, sagte sie. »Sind alle da! Und? Bleibst du jetzt ruhig liegen?«

»Ja, Ma'am«, brachte Changa hervor. Das Sprechen ging nun schon etwas besser und auch sein Blick klärte sich so weit, dass er erkennen konnte, dass es eine junge Frau mit roten Haaren war, die sich um ihn kümmerte.

»Was – ist mit Cecil?« Das musste Changa unbedingt noch wissen.

»Ist das der, mit dem du gekommen bist?«

»Ja, Ma'am.«

»Der liegt direkt neben dir. Er hat ein Beruhigungsmittel bekommen. Wenn du den Kopf nach rechts drehst, kannst du ihn sehen.«

Changa versuchte es, aber noch war er zu schwach dazu. »Es – geht ihm gut?«, fragte er stattdessen.

»Den Umständen nach ja«, sagte die Schwester, aber sie wich dabei Changas Blick aus.

»Wie? Den Umständen nach?« Changa konnte mit dieser Formulierung nichts anfangen.

»Er ist sehr krank«, gab die Schwester nun zu. »Deswegen muss er jetzt viel schlafen.«

»Wird er wieder ganz gesund?«

»Wir hoffen das«, sagte die Schwester. »Wir tun alles für ihn, was wir können.«

War das jetzt eine gute Nachricht oder eine schlechte? Changa wusste es nicht, aber die Anspannung wollte nicht aus seinem Körper weichen. Trotzdem blieb er ruhig liegen.

»Ist dir eigentlich schlecht von der Narkose?«, wechselte die Schwester das Thema, während sie Changas Kopfkissen ein wenig zurechtrückte.

»Nein.«

»Aber Hunger hast du auch noch nicht, oder?«

»Nein.«

»Ich komme so in einer Stunde noch mal vorbei. Dann hast du bestimmt Appetit.«

»Was – kostet das?«, wollte Changa wissen.

»Was?« Die Frau verstand nicht, was er meinte.

»Das – Essen.«

»Gar nichts natürlich«, antwortete die Schwester. »Wir lassen unsere Patienten nicht hungern.«

Changa kam aus dem Staunen nicht mehr heraus. Freundliche Behandlung und dann auch noch Gratisessen, das war nach über einem halben Jahr im Bergwerk fast mehr, als er verkraften konnte.

Er nickte schwach und die Krankenschwester lächelte ihn noch mal an, bevor sie aus seinem Blickfeld verschwand.

So langsam kehrten Changas Lebensgeister zurück. Nach und nach gewann er die Kontrolle über seinen Körper zurück und die Benommenheit schwand aus seinem Kopf. Die letzten Zweifel daran, dass er wirklich lebte, schwanden, als er das Ziehen in seiner Wade spürte; aber der Schmerz war auszuhalten, kaum der Rede wert. Viel mehr Sorgen machte Changa sich um Cecil, der nach wie vor unbeweglich dalag. Hoffentlich half der Schlaf ihm und er kam bald wieder auf die Beine.

Die Schwester hielt Wort, und als Changa nach einiger Zeit schon deutlichen Hunger verspürte, brachte sie ihm einen Teller Satsa mit dunkelbrauner Fischsoße, deren Duft ihm köstlich in die Nase stieg, und auch an ein großes Glas Wasser hatte sie gedacht.

»Du darfst dich auf die Bettkante setzen, hat der Arzt gesagt.« Die Schwester stellte den Teller auf einen Schemel neben dem Bett. Das ließ Changa sich nicht zweimal sagen. Zwar wurde das Ziehen im

Bein kurz zu einem Stechen, aber die Wunde war sauber verbunden und es trat kein Blut mehr aus. Gerade hatte er den Löffel zur Hand genommen, als er schon wieder Besuch bekam. Es war Doktor Lerch, der ältere Arzt, der ihn in der Notaufnahme versorgt hatte. Changa mochte den Mann, wenn er ihm durch seine unbedachte Äußerung auch höllische Angst eingejagt hatte, aber dass er gerade jetzt kommen musste …

»Und, wie ist es?«, fragte der Arzt ohne Umschweife. »Lässt es sich aushalten? Hast du Schmerzen?«

»Ein wenig«, antwortete Changa, denn das dumpfe Pochen in seinem Bein war wirklich nicht sehr stark.

»Gut!« Doktor Lerch nickte zufrieden. »Doktor Chatel sagte, die Wunde sei nicht sehr tief gewesen. Mit ein bisschen Glück können wir dich in zwei, drei Tagen schon wieder laufen lassen. Dann musst du nur noch zum Verbandswechsel herkommen. Ich verschreibe dir jetzt Tabletten. Wie du die genau einnehmen musst, sagt dir dann die Schwester. Du darfst aber keinesfalls andere Medikamente nehmen.«

»Auch nicht von denen?« Changa blickte aus dem Fenster auf die Container, die nebenan in der Sonne standen.

»Gerade nicht von denen!«, sagte der Arzt ärgerlich und sah Changa streng an. »Das Beste ist, wenn du dich ganz von dort fernhältst.« Damit war das Thema für ihn abgeschlossen. Er stellte Changa nur noch ein paar allgemeine Fragen und der gab wahrheitsgemäß Auskunft. So sehr er sich aber bemühte, es nicht zu tun, immer wieder irrte sein Blick zu dem Hocker, wo das Satsa langsam kalt wurde.

Natürlich bemerkte Doktor Lerch das. »Na, dann will ich dich mal nicht weiter beim Essen stören«, lachte er und ging ein Bett weiter, wo er sich um den immer noch schlafenden Cecil kümmerte. Eigentlich hätte Changa den Arzt gerne noch gefragt, wie es denn jetzt um seinen Freund stand, aber er hatte sich einfach nicht getraut.

Changa schob sich einen Löffel voll von dem Hirsebrei in den Mund und sah über die Schulter zu, wie Doktor Lerch Cecils Kopfverband vorsichtig betastete und den Tropf mit der klaren Flüssigkeit darin prüfte. Es waren andere Ärzte gewesen, mit denen Changa es bislang zu tun gehabt hatte. Drüben in den Containern gab es nur kurze, präzise Fragen und ungeduldige Blicke, wenn die Antworten nicht ebenso knapp und klar kamen. Rasche, oberflächliche Untersuchungen und irgendwelche Tests, bei denen man an rätselhafte Maschinen angeschlossen wurde, lösten sich mit endlosen Wartezeiten ab, wenn der Andrang zu groß war und es mal wieder nicht voranging. Selbst das Hilfspersonal war die meiste Zeit übellaunig und ungeduldig. Kurz gesagt hatte Changa seine Besuche in der Klinik immer als unangenehm empfunden.

Ganz anders war es hier. Zwar war die Art des Arztes etwas kühl, aber er nahm sich Zeit und hörte zu.

Auch das Personal schien nett zu sein und zum ersten Mal, seit er im Bergwerk arbeitete, fühlte Changa sich als Mensch behandelt.

»Du legst dich jetzt besser wieder hin.« Unbemerkt war Ben, der Pfleger, herangekommen. »Die Naht ist noch zu frisch.«

Changa schreckte aus seinen Gedanken auf und merkte jetzt erst, dass er vor dem Hocker mit dem leeren Teller auf der Bettkante hockte. So ganz bei Sinnen war er wohl doch noch nicht. Folgsam legte er sich auf das Bett und zog die dünne Decke über sich. Sein geschundenes Bein nahm ihm die Bewegungen übel und sandte ein paar stechende Schmerzimpulse aus, um sich in Erinnerung zu bringen. Changa verzog das Gesicht, was ihm ein spöttisches »Siehst du? Was ich sage!« einbrachte.

Ben hatte Changa bei der Untersuchung erkannt und auch Changa erinnerte sich, Ben schon mal drüben in dem Container gesehen zu haben, wo die Tabletten ausgegeben wurden. Er war zwar ein klugschwätzerischer Wichtigtuer, aber seinem Dialekt nach musste er aus Changas Heimat stammen und das machte sie in Changas Augen fast zu Brüdern. Ihm konnte man die Fragen stellen, die man beim Arzt nicht vorzubringen wagte.

»Du, sag mal«, begann Changa, »ich wäre ja fast verblutet. Hat das was mit den Tabletten zu tun, die ich jeden Tag bekommen habe?«

»Weiß ich doch nicht!«, wehrte der Pfleger eilig ab. »Komm, leg dich mal richtig hin. Ich muss weiter.«

»Aber du hast zum Doktor gesagt, dass wir in irgendeinem Programm sind. Was ist das, was wir da einnehmen müssen?«

»He, gar nichts hab ich gesagt«, behauptete Ben mit leiser Stimme und sah unsicher zu dem Arzt hin, der mittlerweile ein paar Betten weiter stand.

»Und der Doktor hat's auch gesagt«, beharrte Changa. »Bin ich deswegen fast verblutet? Wegen der Tabletten, die wir immer kriegen? Ist das Gift? Geht es Cecil deswegen so schlecht?«

»Mann, jetzt hör doch mal auf zu spinnen!«

Nun war es Changa, der sich nach dem Arzt umschaute und ganz leise sprach. »Ich soll da nicht mehr hingehen. Was geben die uns da?«

»He, Mann, ehrlich, ich hab keine Ahnung.«

»Du hast gesagt, dass ich Gerinnungshemmer kriege«, fiel es Changa wieder ein. »Was ist das? Was machen die?«

»Da kümmer dich mal nicht drum. Das hat alles schon seine Richtigkeit!«, fiel Ben wieder in seine großsprecherische Art, aber er warf Changa einen unsicheren Blick zu und es war ganz offensichtlich, dass er ein schlechtes Gewissen hatte.

»Nimmst du auch so was?«, Changa ließ nicht locker. »Nimmst du auch solche Tabletten?«

»Ja – ja, natürlich!«, stammelte Ben. »Jeden Tag! Die sind gut! Ehrlich!« Aber Changa konnte sehen, dass er log. »Ich muss jetzt wirklich weiter«, sagte er noch über die Schulter hinweg und war innerhalb von Sekunden aus dem Bettensaal verschwunden.

Jetzt war Changa in Schwierigkeiten, denn eigentlich hatte er Ben noch fragen wollen, wie man hier ein bestimmtes Problem löste. So blieb ihm nichts anderes übrig, als zu warten, bis die nette Krankenschwester auftauchte.

Es war ihm zwar ein wenig peinlich, gerade sie zu fragen, aber zum Glück zeigte sie nur auf eine Tür und erlaubte, dass er die paar Meter bis zur Toilette allein ging.

Auf dem Rückweg zu seinem Bett nahm Changa zum ersten Mal bewusst wahr, wo er sich befand: Der Schlafsaal war nicht sehr groß. Er bot gerade mal Platz für sechs Betten, von denen vier belegt waren. Ganz hinten im Raum lag ein alter Mann bewegungslos auf dem Rücken und starrte nur stumm die Decke an. Weiter vorne lag ein jüngerer Mann, der einen Arm verloren hatte. Er hatte den Kopf abgewandt und schien zu schlafen. Changa starrte auf den verbundenen Armstumpf und musste an das Brechwerk mit den riesigen, stählernen Zahnwalzen denken. Er riss sich von dem Anblick los und ging an Cecils Bett.

Die Schwester hatte gesagt, dass Cecil ein Beruhigungsmittel bekommen habe, aber trotzdem machte Changa sich Sorgen, weil sein Freund so lange schlief. Mit einem Seufzer wandte er sich ab und legte sich wieder in sein Bett.

In der Ruhe des Bettensaals schärfte sich Changas Gehör, und wie er so dalag, hörte er Cecils Atemzüge, Stimmengemurmel vom Flur oder aus den Behandlungsräumen und ab und zu das entfernte Summen und Brummen irgendwelcher Geräte.

Plötzlich klangen hinter der dünnen Bretterwand zum Flur eilige Schritte und aufgeregte Stimmen auf. Dann passierte eine Zeit lang gar nichts und auf einmal war leises Babygeschrei zu hören.

Changa lächelte. Bald würde er Sakile heiraten und sie würden sich Gedanken um den Namen ihres ersten Kindes machen müssen. Ob Cecil dann wohl auch zu der Hochzeitsfeier kam? Bestimmt! Sie waren schließlich Freunde, und was sie heute erlebt hatten, das schweißte sie für alle Ewigkeit zusammen.

Cecil? Was war überhaupt mit Cecil? Plötzlich fiel es Changa auf, dass die Atemzüge aus dem Nebenbett nur noch ganz schwach und unregelmäßig waren.

Changas Kopf schnellte auf dem Kissen herum. Cecil lag immer noch auf dem Rücken. Sein Mund war halb geöffnet und Changa konnte sehen, wie schwer es seinem Freund fiel, den nächsten Atemzug zu tun. Obwohl Cecil immer noch betäubt war, konnte man das krampfhafte Zittern des Brustkorbs nicht übersehen.

Blitzschnell war Changa aus dem Bett heraus, humpelte zum Ausgang und riss die Tür auf. »Wir brauchen Hilfe!«, rief er einfach in den Flur hinein. »Meinem Freund geht es schlecht. Er kriegt keine Luft mehr.«

Die Erste, die reagierte, war die rothaarige Krankenschwester. Sie trug keine Dienstkleidung mehr, sondern Jeans und eine helle Bluse, aber trotzdem kam sie mit schnellen Schritten den Flur entlang. Mit einem Blick erfasste sie die Situation und drehte sich zu Ben um, der ihr nachgeeilt kam. »Bring die Rolltrage mit!«, rief sie ihm zu und er drehte sofort um. Eine Minute später wurde Cecil auf der schmalen Liege an Changa vorbeigeschoben, der noch immer wie betäubt an der Tür stand.

»Leg dich wieder hin«, sagte die Schwester im Vorbeigehen. »Du kannst jetzt doch nichts machen. Ich sag dir dann Bescheid.«

Es dauerte nicht sehr lange, bis die Schwester zurückkehrte. Vielleicht zwanzig Minuten, aber Changa kam es vor, als seien mehrere Stunden vergangen, als die Tür sich wieder öffnete.

»Atmet er wieder? Ist alles okay mit ihm? Kommt er jetzt zurück?« Changa richtete sich auf und sah auf das leere Bett neben seinem.

»Er wird nicht zurückkommen.« Die Schwester kam heran, setzte sich auf Changas Bett und nahm seine Hand.

»Haben Sie ihn weggebracht? In ein anderes Krankenhaus? Ein größeres?« Mit aller Kraft klammerte sich Changa an diese Hoffnung, selbst als er schon sah, dass die Schwester leicht den Kopf schüttelte.

»Er hatte eine Blutung im Kopf«, sagte sie leise. »Wir konnten nichts mehr für ihn tun.«

»Ist er – tot?« Das Wort sperrte sich dagegen, über

seine Lippen zu kommen. Alles in ihm sperrte sich, das zu glauben.

»Ja.« Die Schwester nickte. »Der Druck in seinem Kopf war zu groß. Er hat einfach aufgehört zu atmen.«

»Er hat mir heute Morgen das Leben gerettet!« Changa wusste nicht, warum er das jetzt sagte. Es würde nichts helfen. Nichts konnte mehr helfen. Cecil war tot und das Einzige, was noch zu tun blieb, war, ihn in sein Heimatdorf zu bringen. Changa spürte, wie eine Träne seine Wange hinunterlief, dann noch eine …

»Ich werde jetzt Feierabend machen«, sagte die Schwester mit leiser Stimme. »Ich glaube, ich muss auch gleich weinen, aber ich möchte das nicht hier tun.«

»Jemand muss seinen Verwandten Bescheid sagen!«

»Komm mit, ich zeig dir, wo das Telefon steht.« Die Schwester stand auf.

Changa stand auf und folgte ihr. Zwanzig Minuten später hatte er eine Verbindung zu Cecils Dorf. Es wurde ein langes Gespräch und völlig erschöpft kehrte er in sein Bett zurück.

Die Nacht senkte sich über das Land und in Changas Gefühlen wechselten sich Trauer, Wut und Verzweiflung ab. Cecil war tot und er selbst hätte auch fast wegen einer eher kleinen Verletzung sein Bein verloren. Die Wut auf die Ärzte in den Containern ließ ihn nicht zur Ruhe kommen und in dieser schlaflosen Nacht fasste Changa einen Entschluss: Er würde diese Leute überführen, die Cecil auf dem Gewissen hatten. Diese Ärzte, die statt Medizin Gift verteilten, das die Menschen sterben ließ, wenn sie sich verletzten. Die Heimkehr in sein Dorf, die Hochzeit mit Sakile, all das war in weite Ferne gerückt. Was er nun fühlte, das war nur noch Entschlossenheit. Er würde diese Mörder zur Verantwortung ziehen.

Im Jet

Dreizehn Kilometer über Bilbao schnitt sich eine pfeilspitz zulaufende Aluminiumröhre mit schmalen Tragflächen ihren Weg durch die eiskalte Luft. Mit einer Geschwindigkeit von über siebenhundert Stundenkilometern raste der Learjet36 des Londoner Teams seinem ersten Ziel entgegen: Dakar an der senegalesischen Atlantikküste.

Mit etwas Glück war es Walter gelungen, für den kleinen Jet eine extrem späte Starterlaubnis zu ergattern. Ab zehn Uhr abends wurde der Londoner Flughafen bis zum Morgen für den Flugverkehr gesperrt und pünktlich acht Minuten vorher hatte das Team in Richtung Senegal abgehoben. Dort würde eine Betankung nötig sein und am Dakar-Airport machte es auch nichts aus, wenn eine Maschine mitten in der Nacht hereinkam. So etwas wie ein Nachtflugverbot gab es dort nicht. Jede Landung und jeder Start brachten dem Flughafen Gebühren ein und zahlende Gäste waren immer willkommen.

Wilken saß an dem kleinen Schreibtisch, der an der Trennwand zum Cockpit eingebaut war, und spielte auf seinem Netbook eine Runde Solitär nach der anderen. Er verlor ständig, weil er sich nicht richtig konzentrieren konnte, aber er machte trotzdem weiter, immer in der Hoffnung, sich irgendwann so sehr zu langweilen, dass er müde wurde.

In einem Flugzeug zu schlafen, gelang Wilken nur selten, seit er den Absturz eines Militärhubschraubers nur knapp überlebt hatte. Zwei seiner Kameraden waren damals ums Leben gekommen. Angeblich träumen Menschen ja nur in Schwarz-Weiß und ohne Ton, aber in seinen Träumen roch Wilken das auslaufende Kerosin und hörte das Knacken des glühenden Metalls, während die orangerote Flammenwand sich auf ihn zuwälzte. Die Sache verfolgte ihn nun schon seit Jahren und er konnte nichts dagegen tun. Jede Art von Flugmaschine war ihm einfach unheimlich und er vermied es, zu fliegen, wann immer es ging.

Wieder verloren. Wilken rief ein neues Spiel auf und sah neidisch zu Walter und Fiona hinüber, die auf ihren Sitzen friedlich vor sich hin dösten. Was das Fliegen anging, hatten die beiden eindeutig bessere Nerven als er. Im Moment war François allein im Cockpit. Wilken konnte ihn nicht sehen, weil die Trennwand ihn verdeckte, aber das unregelmäßige Rascheln von Papier verriet ihm, dass der kleine, rothaarige Franco-Marokkaner den Autopiloten aktiviert hatte und in aller Ruhe Zeitung las.

Auch so ein Sonderfall! Aber Wilken wusste natürlich, dass François ein erfahrener Pilot war und dass es keinen Sinn machte, durch die Frontscheibe geradeaus in die Nacht zu starren. Außer ein paar Sternen gab es da nichts zu sehen und die Sicht nach unten war so eingeschränkt, dass man selbst bei Tag aus dieser Höhe die letzten fünf Kilometer vor der Maschine nicht erkennen konnte.

Wilken drehte die erste Karte im Spiel um und wusste jetzt schon, dass er wieder verlieren würde. Irgendetwas knisterte leise in der Wandverkleidung neben ihm und er sah misstrauisch den Fensterrahmen an. Der Jet sackte minimal ab und stabilisierte seine Fluglage sofort wieder. Kaum spürbar und völlig harmlos, aber Wilkens Hand suchte ganz automatisch an der Sessellehne nach Halt. Lächerlich, fand er und wollte sich wieder dem Spiel zuwenden, aber einem plötzlichen Impuls folgend stand er auf und zwängte sich durch die schmale Öffnung in der Trennwand in das Cockpit. Ein großer Schritt über die breite Mittelkonsole hinweg und er saß auf Fionas Platz.

Der kleine Jet reagierte auf die Gewichtsverlagerung damit, dass sich die Nase kurzzeitig um etwa ein halbes Grad senkte und sofort wieder hob. Gar nicht schlimm, wenn man wusste, woher das kam.

»Na, unruhig?« François ließ die Zeitung sinken und sah Wilken an.

»Wie immer.« Wilken las die Instrumente ab. Alle Anzeigen waren im grünen Bereich.

»Du solltest wirklich mal was dagegen tun«, meinte François.

»So einfach ist das nicht.« Wilken verzog das Gesicht. »Seit Jahren steige ich in alle möglichen Flugzeuge ein und nie passiert mir etwas. Ich kenne auch die Statistiken. Fliegen ist sicher, aber ich mag es eben trotzdem nicht.«

»Ich mag keine Höhlen.« François schauderte kurz. »Die Enge macht mich wahnsinnig, und wenn ich daran denke, dass Unmengen Erde und Gestein über mir sind …« Er schauderte nochmals.

»Was ist mit Tunnels?«, wollte Wilken wissen.

»Die sind nicht schlimm«, meinte François. »Die sind genau berechnet. Da denke ich mal, dass die halten.«

Wilken war zwar völlig anderer Meinung, aber er wusste auch, wann er den Mund zu halten hatte. Schließlich führte sie ihr Einsatz auf das Gelände eines Bergwerks, und wenn sie aus irgendeinem Grund da hinunter mussten, konnte es schon sehr viel ausmachen, ob sein Freund die Gänge tief unter der Erde als Tunnels oder als Höhlen ansah.

Wilken dimmte das Licht auf seiner Seite des Cockpits und schaute aus dem Fenster. Langsam schoben sich im Mondlicht die Gipfel einer Höhenkette aus dem Sichtfeld und gaben den Blick auf eine Hochebene frei. Leises Geraschel zeigte an, dass François sich wieder seiner Zeitung widmete. Fast zwanzig Minuten lang beobachtete Wilken schweigend, wie die nächtliche Welt unter ihm dahinzog. Schließlich stand er auf, ging nach hinten, brachte seinen Sitz in Ruhestellung und war innerhalb einer Minute eingeschlafen.

Erst bei der Zwischenlandung in Dakar kam er

wieder hoch. Mit Erstaunen stellte er fest, dass er über zwei Stunden lang tief und traumlos geschlafen hatte.

Zwischenlandungen in Dakar waren Brunéls Spezialität. Dadurch, dass er fließend Französisch und Arabisch sprach, konnte er mit dem hiesigen Towerpersonal ein wenig in deren Muttersprachen herumflachsen und hatte deshalb bislang immer eine Vorzugsbehandlung erfahren.

Auch diesmal ging die Rechnung wieder auf. Kaum war der Learjet ausgerollt, als auch schon ein Tanklaster erschien und die Schläuche angeschlossen wurden. Es blieb gerade mal so viel Zeit, dass sie alle zur Toilette gehen konnten. Fiona war ausgeruht genug, den Pilotensitz wieder einzunehmen, und keine halbe Stunde nach der Landung waren sie schon wieder in der Luft.

Als sie die Dienstflughöhe erreicht hatten, kam François nach hinten und legte sich hin. Walter war ausgeruht und wollte gerne an den Schreibtisch, also machte Wilken Platz und setzte sein unterbrochenes Schläfchen auf dem Sessel neben dem Ausgang fort. Er staunte selbst, wie wenig ihm das Fliegen im Moment ausmachte. Er wollte aber nicht weiter darüber nachdenken. Schon bald war er wieder eingeduselt und wurde erst von den Strahlen der Morgensonne geweckt, die gerade aufging.

Walter lag mit geschlossenen Augen auf seinem Sitz. Die dünnen Kabel, die von der Brusttasche seines Hemdes zu den Ohren liefen und die im Takt wackelnden Finger verrieten Wilken, dass er Musik hörte. Fiona saß immer noch auf ihrem Platz im Cockpit und François hatte sich wieder zu ihr gesellt. Wilken stand auf und steckte den Kopf durch die schmale Öffnung. »Moin, Leutz!«, grüßte er. »Wie lange noch? Ist noch Zeit für 'nen Kaffee?«

»Moin, Alex!«, grüßte Fiona zurück. »Gut dreißig Minuten bis Brazzaville. Bin schon mit dem Tower in Kontakt. Kaffee wäre fein.«

»Für mich bitte Kenia-Mischung«, grinste François. »Wenn wir schon in Afrika sind …«

Wilken ging tief gebückt den nur einsfünfzig hohen Mittelgang entlang in den hinteren Teil des Jets. Bei dem winzigen Küchenabteil angekommen, legte er ein Kaffeepad in den Automaten ein, wartete, bis der sich ausgeschnauft hatte, und brachte Fiona ihr Getränk. Nachdem auch François versorgt war, sah Wilken, dass Walter die Augen geöffnet hatte, also machte er auch für ihn einen Kaffee. Schließlich versorgte er sich selbst und setzte sich wieder.

Lautsprechergequäke drang aus dem Cockpit und Fiona bestätigte irgendeine Anweisung des Fluglotsen aus Brazzaville. »Okay! 38 000 Fuß«, hörte Wilken sie sagen. Sekunden später hob sich die Nase des Flugzeugs und der Jet stieg auf das ihm zugewiesene Level. Da war wohl noch eine Maschine in der Nähe, und wenn auch viele Jets der afrikanischen Airlines in einem fragwürdigen Zustand waren, große Höhen erreichten sie immer noch.

Wenige Minuten später leitete Fiona den Landeanflug ein, wobei sie sich immer wieder mit dem Fluglotsen in Brazzaville abstimmte. In einer großen Schleife umrundete sie den Flughafen und ließ den kleinen Jet dann mit der Sonne im Rücken leicht wie eine Feder auf der Landebahn aufsetzen.

Das Afrika-Team musste im Tower Bescheid gesagt haben, denn Fiona bekam einen Parkplatz zugewiesen, der direkt neben einer dunkelgrau lackierten Fokker Friendship mit kenianischen Hoheitszeichen lag. Die plump wirkende, zweimotorige Frachtmaschine lag wie ein schlafender Dinosaurier in der Morgensonne und genauso flog sie sich auch, wie Wilken von einem früheren Einsatz her noch wusste. In ganz Schwarzafrika waren diese älteren Flugzeuge aber wegen ihrer enormen Zuverlässigkeit und Anspruchslosigkeit sehr verbreitet. Unauffälliger konnte man hier nicht unterwegs sein.

Etwas abseits stand noch eine kleine, viersitzige Piper auf dem Rollfeld. Vermutlich war das die Maschine, die für François vorgesehen war.

Fiona bestellte den Tankwagen und begann mit dem After-Flight-Check, löste aber schon mal die Türverriegelung, damit Alex und Walter aussteigen konnten. Wilken betätigte den Sicherungshebel und sofort schwang der obere Teil der Tür aufwärts, während der untere Teil als kurze Treppe der Rollbahn entgegensackte.

Endlich frei! Zwar hatte Wilken den Flug bei Weitem nicht so abscheulich gefunden wie sonst, aber er genoss es trotzdem, sich endlich aus dieser engen

Umgebung befreien zu können. Gefolgt von Walter stieg er die Gangway hinab und sie reckten sich auf dem Rollfeld erst mal ordentlich.

Es hatte nicht viel Sinn, die ganze Zeit hier auf dem Beton herumzustehen, der sich in der Morgensonne langsam zu erwärmen begann. »Wir gehen schon mal rüber und sagen Guten Tag!«, rief Walter in den Eingang des Jets hinein und Fionas »Okay!« bestätigte, dass sie verstanden hatte.

Brazzaville hat einen der modernsten Airports in ganz Afrika. Überall zwischen den geparkten Maschinen und vor den Hangars war Betrieb, doch je näher sie der alten Frachtmaschine kamen, desto unwohler fühlte Wilken sich. Nichts regte sich in der Nähe. Niemand stieg aus und kam ihnen entgegen, um sie zu begrüßen. Nur eine leichte Aluminiumleiter war unter der geschlossenen Einstiegsluke befestigt. Die kleine Hilfsturbine am Heck des Flugzeugs, die das Flugzeug mit Strom und Kühlung versorgte, lief mit mittlerer Drehzahl. Das leise Pfeifen des Geräts drängte alle anderen Geräusche aus der Umgebung zurück. Es kam Wilken vor, als würde er in eine andere, fremdartige Welt eintreten.

Etwas Abweisendes ging von der Maschine aus und Wilken spürte, dass Walter das ebenso empfand. Es war, als würde in der Nähe der Fokker die Sonne weniger hell scheinen und die Temperatur abfallen. Am liebsten wäre Wilken umgekehrt, aber dafür gab es natürlich keinen greifbaren Grund.

Walter trat an die Maschine heran, schlug ein

paarmal mit der flachen Hand gegen die Luke und machte Platz, damit die Tür aufschwingen konnte. Hinter der Aluminiumhaut jaulte leise eine Hydraulikpumpe auf und der Eingang öffnete sich vollautomatisch. Die finstere Öffnung dahinter wirkte alles andere als einladend, aber dann schob sich ein grinsendes Gesicht aus dem Dunkel.

»Hallo Leute, kommt doch rein«, rief Hercule Touré, der Pilot des Afrika-Teams, und machte eine einladende Handbewegung.

Augenblicklich war die unheimliche Stimmung verflogen und Walter machte sich, von Wilken gefolgt, an den Aufstieg.

»Bonjour, ça va?« Hercule ließ zuerst Walter an sich vorbei und gab dann Wilken die Hand, wobei er mit Daumen und Zeigefinger Wilkens Fingerknöchel mehrfach kurz drückte. Es fühlte sich an, als würde ein Arzt vorsichtig den korrekten Sitz der Handknochen überprüfen.

»Ça va bien! Ça va?« Wilken tat es ihm gleich.

»Oui, ça va!« Hercule gab Wilkens Hand frei und wandte sich Walter zu, mit dem er das in Westafrika gebräuchliche Ritual wiederholte. Normalerweise erkundigte man sich auch noch nach dem Wohlbefinden der Familie, der Söhne, der Frau und der Töchter und zwar genau in dieser Reihenfolge, was dann immer mit »Oui, ça va!« beantwortet werden musste, egal, ob man Familie hatte oder nicht. Das hier war nur die verkürzte Variante – kaum mehr als ein unverbindliches »Hallo« oder »Tach«.

Mittlerweile hatten Wilkens Augen sich an das Dämmerlicht gewöhnt und er sah Ushinde und Matan, die beiden »Schatten« des Afrika-Teams, an einem langen Tisch sitzen. Zwischen sich hatten sie ein Backgammonbrett und dem Stand der Steine nach schien das Spiel im Moment ausgeglichen zu sein. Ushinde und Matan waren die beiden Frontmänner ihres Teams. Wann immer körperlicher Einsatz gefordert war, erledigten sie das.

Wilken hob die Hand und grüßte zum Tisch hinüber. Die beiden blieben sitzen und grüßten ebenso lässig zurück. Sie kamen aus Sambia, da war die umständliche Begrüßungsprozedur der Westafrikaner nicht üblich.

»Zwanzig Dollar! Ich habe gewonnen!«

Wilken schaute sich um und sah Hercule vor dem vierten Mitglied des Afrika-Teams stehen, das auf einer Decke auf dem Boden saß. Aber statt Hercule das geforderte Geld zu geben, streckte der Leopardenmann mit einer ruhigen Bewegung seinen Arm aus und hielt ihm seinerseits wortlos die geöffnete Hand hin.

»Wieso das denn? Sie haben nichts gespürt!«, empörte sich Hercule, aber der Leopardenmann verharrte völlig ungerührt in seiner fordernden Pose.

»Wer hat was nicht gespürt?«, wollte Wilken wissen. Irgendwie hatte er das Gefühl, dass es bei der Wette auch um ihn ging.

»Ihr«, sagte Hercule. »Ihr habt den Abwehrzauber nicht gespürt, den der Leopardenmann über die Maschine gelegt hat. Das war ein Test. Verdammt starker Zauber. Ein Afrikaner wäre umgekehrt, aber euch Weißen fehlen einfach die Antennen für den richtigen Empfang. Macht euch nichts draus. Das entwickelt sich vielleicht noch im Lauf der Jahrtausende.«

»Gib ihm besser sein Geld«, meinte Wilken. »Wenn ich nicht gewusst hätte, dass ihr uns erwartet, hätte ich mich ganz schnell verdrückt.«

»Und mir war schlecht vor Angst«, gab Walter zu. »Danke übrigens, dass ihr uns als Versuchskaninchen benutzt habt.«

»Musste sein«, meinte Hercule ungerührt und verzog dann das Gesicht. Widerwillig fingerte er einen Zwanziger aus seiner Brieftasche und gab ihn dem Leopardenmann.

Wilken schaute aus einem der wenigen Fenster und sah, dass nebenan gerade der Learjet betankt wurde.

»Ist der eigentlich immer noch aktiv?«, fragte Walter Hercule.

»Wer?«

»Na ja, der – Abwehrzauber.« Walter kam das Wort nur schwer über die Lippen.

»Klar, der steckt im Fahrwerk.«

»Ah – ja!« Walter nickte. »Willst du nicht noch mal mit dem Leopardenmann wetten? Gleich kommen Fiona und François.«

»Ich werd mich hüten«, meinte Hercule nur. »Der gewinnt mir zu oft.«

Wilken schaute zu dem Leopardenmann hinüber, der in Shorts und Sandalen auf dem Boden des Flugzeugs saß. Draußen war der quirlige Brazzaville-Airport, der sich mit seiner einfallslosen Schuhkarton-Architektur in keiner Weise von einem europäischen Provinzflughafen unterschied. In der Ferne ragte das Wahrzeichen der Stadt, der ultramoderne Nabemba-Tower auf. Hier drin aber saß ein Zauberer, der eine hochwirksame Aura der Abschreckung um die Maschine herum errichtet hatte, und er trug ein mit Lederschnüren festgezurrtes Leopardenfell über die Schultern gelegt, das ihm die Macht dazu gab. Wilken fragte sich, ob er jemals verstehen würde, wie manche Dinge auf diesem Kontinent funktionierten und zusammenpassten.

Das Testlabor

Der erste Mensch, der Changa am Morgen besuchen kam, war der Chef der Wachmannschaft. »Bist du Changa Masaku?«, wollte er wissen.

Changa bejahte und der Wachmann baute sich vor dem Krankenbett auf. »Von dir hört man ja komische Sachen«, behauptete er. »Du sollst unzufrieden sein mit der Medizin, die du bekommst.«

»Das stimmt nicht!«, sagte Changa schnell. »Wer sagt das?« Aber es war ihm natürlich klar, dass Ben ihn verraten hatte.

»Stell dich nicht so dumm!« Der Wachmann kam einen halben Schritt näher. »Wirst schon selbst wissen, mit wem du geredet hast.«

»Ben!« Changa tat so, als fiele es ihm jetzt wieder ein. »Mit Ben habe ich gesprochen. – Ben ist mein Freund. Wir kommen aus der gleichen Gegend, und da ...«

»Er sagt, dass du denkst, dass du Gift bekommst«, fiel der Wachmann Changa ins Wort. »Er sagt, dass du den Ärzten nicht traust.«

»Das hat er falsch verstanden«, behauptete Changa. »Ich habe nur gefragt, ob ich jetzt vielleicht keine Tabletten mehr bekomme, weil ich krank bin. Ich meine, ich brauch die doch. Ich arbeite doch im Bergwerk. Da brauche ich doch gute Medizin.« Es fiel Changa gar nicht so leicht, den Trottel zu spielen. Er merkte, dass sich ein paar Schweißtropfen am Haaransatz sammelten.

»Ja, die brauchst du! Gute Medizin!«, bestätigte der Wachmann mit einem Grinsen. »Aber Ben hat mir die Sache etwas anders erzählt. Er sagt, dass du unzufrieden bist. Dass du der Medizin nicht traust. Dass du undankbar bist!«

»Aber nein!«, widersprach Changa schnell. »Ich meinte doch die andere Medizin. Die, die sie mir hier geben. Hier im Krankenhaus! Der Doktor wollte mir das Bein abschneiden und da hatte ich Angst.«

»Na, das Bein ist ja wohl noch dran«, meinte der Wachmann mit einem Blick auf die dünne Bettdecke. »Dann würde ich dir raten, jetzt kein dummes Zeug mehr zu reden. Nicht hier und nicht anderswo! Klar?«

»Ist klar! Entschuldigung!«

»Und, was hast du jetzt vor? Wie lange willst du noch hier rumliegen und nichts arbeiten?«

»Ich will nur noch meinen Freund beerdigen«, sagte Changa. »Und dann will ich zurückkommen und wieder im Bergwerk arbeiten.«

»Das mach mit den Chefs vom Bergwerk aus.« Der Wachmann war fertig mit Changa und wandte sich ab. »Und denke dran«, sagte er im Hinausgehen über die Schulter hinweg. »Kein Wort zu niemandem! Alles, was mit dem Bergwerk zu tun hat, ist geheim. Ich verspreche dir Riesenärger, wenn du draußen dumme Reden schwingst.«

»Ich werde mich daran halten«, versprach Changa und das war nicht einmal gelogen. Mit Gerede war hier nichts zu gewinnen. Was er vorhatte, war schon sehr viel wirksamer.

»Und denk daran: Ich behalte dich im Auge!« Damit ließ der Wachmann Changa endgültig allein.

Im Moment war es ruhig im Krankenhaus; nur draußen im Wartezimmer, wo die Nummern an die Kranken ausgegeben wurden, waren schon Stimmen zu hören. Changa schwang seine Beine aus dem Bett und hinkte zum Ausgang des Bettensaals. Das Laufen ging schon erstaunlich gut und der Verband hielt perfekt. Kein Vergleich zu dem gestrigen Leidensmarsch, der ihn hierhergeführt hatte.

Changa wollte zu Cecil und er hatte Angst, dass man ihn nicht zu ihm lassen würde, wenn er fragte. Deshalb machte er sich jetzt auf eigene Faust auf die Suche. Langsam ging er den düsteren Flur entlang, der von den Schlafsälen zu den Behandlungsräumen führte.

Changa musste nicht lange suchen. Eine Kühlkammer gab es hier nicht, und so hatte man Cecil auf einer einfachen Holzbahre in die Nische eines dunklen Nebenflurs gestellt.

Langsam näherte Changa sich der reglosen Gestalt und zog scheu das Tuch zurück, das jemand über Cecils Gesicht gelegt hatte. Eigentlich sah er ganz normal aus. Nicht gerade, als würde er schlafen, sondern eher als sei er wach und habe nur für einen Moment die Augen geschlossen. Der Tod hatte bewirkt, dass alle Gesichtsmuskeln entspannt waren. Das gab Cecil ein unglaublich junges Aussehen, fast so, als sei er noch ein Kind.

Vorsichtig schob Changa seine Hand nach vorn und berührte mit den Fingerspitzen Cecils nackten Arm. Nichts von dem, was man bei einem lebenden Menschen spürt, war hier noch zu bemerken. Langsam zog Changa die Hand wieder zurück. »Ich weiß, wer schuld ist«, sagte er leise. »Sie werden nicht davonkommen!« Er verharrte noch ein paar Sekunden, bevor er das Tuch wieder über das Gesicht seines Freundes deckte und sich abwandte.

»Hast du Abschied genommen?« Die Schwester, die sich gestern um Changa gekümmert hatte, war lautlos herangekommen und stand im Flur.

»Ich musste ihn sehen.« Changa ging auf sie zu. »Es ist so schwer zu glauben.«

»Ja.« Die Schwester nickte.

»Ein Wagen wird kommen und ich fahre mit ihm heim.«

»Ja, gut.« Die Schwester wandte sich ab und verschwand in einem der Behandlungsräume.

Changa ging langsam zurück in den Schlafsaal und legte sich wieder auf sein Bett. Er dachte über die rothaarige Krankenschwester nach. Sie war nett! Ob man ihr trauen konnte?

Es war noch früh. Der Wagen konnte frühestens in zwei Stunden da sein, wenn er bei Tagesanbruch losgefahren war. Nach vielem Hin und Her war es Changa gestern Abend gelungen, sich mit dem Bürgermeister von Cecils Heimatdorf verbinden zu lassen. Es hatte sich herausgestellt, dass er sogar entfernt mit Cecil verwandt war und ihn gut kannte. Zunächst hatte der Mann es gar nicht glauben wollen, was Changa ihm erzählte, aber als er dann bereit gewesen war, Cecils Tod zu akzeptieren, hatte er versprochen, sich um die Sache zu kümmern und am Morgen einen Wagen zum Bergwerk zu schicken. Zeit genug, hier noch ein paar Dinge in Ordnung zu bringen.

Changa gönnte seinem Bein noch einige Minuten Ruhe, tauschte das Krankenhausnachthemd gegen seine staubige Hose und das zerrissene T-Shirt und machte sich dann auf den Weg.

Das Lohnbüro war in der Verwaltungsbaracke untergebracht. Changa verschnaufte einen Moment lang vor der Tür und trat ein. Der Mann hinter dem Schalterfenster trug ein weißes, kurzärmliges Hemd und hatte sich sogar eine Krawatte umgebunden. Zunächst beachtete er Changa überhaupt nicht, aber als der nicht von selbst verschwand, sah er ihn schließlich doch an.

Changa räusperte sich. »Ich hatte gestern einen Unfall und fahre nun meinen Freund beerdigen. Ich brauche das Geld für diese Woche.«

»Name?«

»Changa Masaku.«

Der Mann blätterte aufreizend langsam in seinen Unterlagen. »Ah, ja!«, sagte er dann, ohne aufzublicken. »Du hast den Schacht zum Einsturz gebracht und dein Werkzeug verloren. Du bekommst nichts.«

»Das stimmt nicht«, protestierte Changa. »Ich habe gearbeitet und will mein Geld!«

Jetzt blickte der Mann hinter dem Schalter auf. »Du hast doch gehört: Du bekommst nichts!«, wiederholte er mit Nachdruck. »Und jetzt verschwinde! Oder soll ich die Wachmänner rufen?«

»Was ist mit Cecils Geld? Cecil Kagona? Was ist mit dem?«

»Bist du sein Sekretär?«, fragte der Mann hinter dem Schalter höhnisch. »Er soll selbst kommen.«

»Er ist tot«, sagte Changa leise. »Gestern gestorben.«

»Ach, und da willst du dir jetzt sein Geld einstecken? Du bist mir ja ein toller Kollege – will einen Toten beklauen. Man glaubt es nicht.«

Changas Finger krallten sich so fest in das Holz des Schalterbretts, dass seine Fingernägel Kerben hinterließen, aber er hatte einen Plan und durfte es sich nicht mit den Leuten hier verderben. »Ich wollte nur wissen, ob seine Verwandten sich das Geld abholen können«, sagte er mühsam beherrscht.

»Was geht dich das an? Das werde ich denen sagen, wenn sie hier sind. Und jetzt verschwinde endlich oder ich hole doch noch die Wachleute.«

»Es geht mich was an, weil er mein Freund war«, brachte Changa mit vor Wut stockender Stimme hervor. »Wissen Sie, was das ist, ein Freund? Ich glaube nicht!« Mit diesen Worten wandte er sich ab und beachtete den Mann nicht weiter, der mit offenem Mund dasaß.

»Jetzt werd mir bloß nicht frech!«, hörte er ihn noch zetern, dann war er aus der Tür und atmete erst mal tief durch.

Changas nächster Weg führte ihn in die Unterkunft, wo Cecil und er geschlafen hatten. Sechs Doppelstockbetten füllten den Raum weitgehend aus und er zwängte sich zuerst zu Cecils Bett durch. Schnell hatte er die paar Habseligkeiten seines Freundes aus der Obstkiste, die als Schrank diente, auf das Bett geräumt. Als alles auf einem Haufen auf der dünnen Schlafdecke lag, nahm er die Ecken über Kreuz zusammen und verknotete sie. Das Bündel nahm er mit zu seinem Bett, wo er seine eigenen Sachen genauso verpackte. Mit beiden Bündeln verließ er die Baracke und machte sich auf den Weg zum Krankenhaus. Langsam machte sich die Wunde am Bein wieder schmerzhaft bemerkbar, aber Changa versuchte, nicht darauf zu achten.

Nicht ignorieren ließen sich allerdings die Wachmänner, die am Tor zum Klinikgelände die Passanten kontrollierten. Gründlichst wurden von ihnen die Bündel und auch Changa selbst untersucht, damit der Gesellschaft bloß kein kleiner Diamantsplitter verloren ging. Die meiste Angst vor Diebstahl hat der Dieb, sagt man in Changas Heimat, und hier bestätigte sich das mal wieder.

Als Changa wieder im Krankenhaus ankam, war er total erschöpft und das Bein tat ihm weh. Verlockend stand das Bett da und er war in großer Versuchung, sich einen Moment lang auszuruhen, aber dafür war keine Zeit.

Mit einem Seufzer schob Changa die Deckenbündel unter das Bett und wollte den Schlafsaal gerade wieder verlassen, als die rothaarige Krankenschwester hereinkam.

»Wo warst du denn?«, wollte sie wissen. »Ich hab dich schon gesucht. Dein Verband muss erneuert werden.«

»Ich muss nur kurz noch mal weg, wegen Cecil.« Changa wollte nicht, dass der Verband allzu auffällig war bei dem, was er jetzt vorhatte. So verstaubt wie jetzt war er genau richtig. »Kann ich dann gleich bei Ihnen vorbeikommen?«

So ganz recht schien es der Schwester nicht zu sein, denn zuerst zog sie die Augenbrauen zusammen. »Na gut«, sagte sie dann zögernd. »Das kriegen wir schon hin, aber beeil dich. In einer halben Stunde werde ich bei einer Operation gebraucht.«

Es tat Changa zwar leid, der netten Krankenschwester nun auch noch Extraarbeit zu machen, aber was er jetzt vorhatte, duldete keinen Aufschub. Er musste sich unbedingt noch welche von diesen Giftpillen besorgen.

Der Weg zu den Laborcontainern war nicht weit, und um diese Tageszeit war dort nicht viel los. Die meisten Leute kamen erst nach Schichtende und das würde erst in etwa sechs Stunden sein. Als Changa die Tür zur Ausgabestelle aufschob, sah er gerade noch Ben durch eine Tür verschwinden. Wahrscheinlich hatte er Changa kommen sehen und fürchtete seine Rache. Ansonsten saß nur eine ältere Ärztin hinter dem Schreibtisch, an dem die Medikamente ausgegeben wurden. »Was willst du?«, fragte sie.

»Ich muss gleich weg und kann nachher nicht zur Ausgabe kommen.«

»Ja und?«

»Könnte ich meine Tabletten jetzt schon haben?«

»Name?«

»Changa Masaku.«

Die Ärztin zog sich ihr Notebook heran und öffnete mit ein paar Tastenschlägen Changas Akte. »Du warst gestern auch nicht da«, stellte sie fest. »So geht das nicht! Wenn du im Programm bleiben willst, musst du jeden Tag kommen.«

»Tut mir leid«, beeilte Changa sich zu sagen. »Entschuldigung! Kann ich trotzdem meine Medizin haben? Morgen komme ich bestimmt pünktlich.«

»Hattest du einen Unfall?« Die Ärztin beugte sich vor und sah auf den Verband.

»Nur eine kleine Abschürfung«, log Changa. »Kann ich jetzt meine Medizin haben, bitte. Ich will nicht krank werden.«

»Eigentlich ist jetzt ja keine Ausgabe«, erklärte die Ärztin mit strengem Blick, zog dann aber doch eine Schublade des Schreibtischs auf und holte drei Pillendosen hervor. »Ich will mal eine Ausnahme machen. Morgen ist übrigens Blutabnahme. Komm dann wirklich pünktlich, sonst gibt's Ärger!« Sie tippte etwas auf der Tastatur des Notebooks. »Ben!«, rief sie dann laut, aber der blieb verschwunden; also stand sie mit ärgerlichem Gesicht selbst auf, holte einen halben Becher Wasser aus dem Spender, der in einer Ecke stand und stellte ihn vor Changa hin. Sorgfältig gab sie nun aus jeder der Pillendosen eine Tablette in einen kleinen, transparenten Becher.

Changa nahm den Medikamentenbecher fest in die Hand und dann passierte alles auf einmal: Mit einem Schmerzlaut ließ er sich nach vorne fallen und ruderte hilflos mit den Armen auf der Schreibtischplatte herum. Ein Post-it-Block, zwei Kugelschreiber und die Schale mit den Büroklammern flogen im hohen Bogen davon. Akten wirbelten zu Boden. Das Notebook schlitterte ein Stück weit über die Platte und blieb dann, ein gutes Stück über die Schreibtischkante ragend, liegen.

Die Ärztin wich auf ihrem Drehstuhl mit einem erschreckten Aufschrei zurück und bückte sich instinktiv nach den auf dem Boden verstreuten Gegenständen.

Blitzschnell richtete Changa sich auf und entleerte den Inhalt des Medikamentenbechers in seine Hosentasche. »Entschuldigung, Ma'am. Bin umgeknickt, Ma'am. Mit dem kranken Fuß. Ich helfe Ihnen sofort, Ma'am«, stammelte er dabei.

Changa griff nach dem Wasserbecher, den er wohlweislich nicht umgestoßen hatte und tat so, als würde er gerade die Pillen hinunterspülen, als die Ärztin zu ihm aufsah. »Wag es nicht, hier noch was anzufassen!«, zischte sie und Changa schob sich, Entschuldigungen stammelnd, rückwärts aus der Tür.

Das hatte ja gut geklappt. Sehr zufrieden mit sich ging Changa ein paar Schritte. Jetzt konnte er mithilfe des Bürgermeisters aus Cecils Dorf die Tabletten irgendwo untersuchen lassen, um so herauszukriegen, ob sie etwas mit Cecils Tod zu tun haben konnten.

Plötzlich tauchte ein Schatten seitlich in Changas Blickfeld auf und erschreckt wandte er sich um.

»Was war das denn eben für eine Vorstellung?« Der Chef der Wachmannschaft, der Changa schon heute Morgen besucht hatte, stellte sich ihm in den Weg. »Gib mir sofort die Pillen!«, forderte er. »Ich habe doch gesagt, dass ich dich im Auge behalte. Warum glaubst du mir nicht?«

Changas Hochgefühl zerplatzte wie ein Luftballon. Der Mann musste ihm gefolgt sein und die Szene im Container durch ein Fenster beobachtet haben. Da half nun alles Leugnen und Abstreiten nichts mehr. Eilig fingerte er die Pillen aus der Hosentasche und legte sie dem Wachmann in die Hand.

»Schade um die gute Medizin.« Der Mann ließ die Tabletten auf den harten Boden fallen, zermalmte sie mit der Stiefelspitze und vermischte das weiße Pulver mit dem Staub. »Verschwinde jetzt«, knurrte er, »und denke dran: Du stehst immer noch unter Beobachtung! Du darfst das Krankenhausgelände nicht verlassen, bis die Bergwerksleitung entschieden hat, was wir mit dir machen.«

Changa machte, dass er weiterkam. Bei allem Pech war die Sache doch noch ganz glimpflich ausgegangen. Er hatte fest damit gerechnet, nun mitgenommen zu werden und eine Tracht Prügel von den Wachleuten zu bekommen. Wenigstens das war ihm im Moment erspart geblieben, aber Changa traute dem Frieden nicht. Aufgeschoben ist schließlich nicht aufgehoben.

Kariba

Die Besprechung der beiden Teams in Brazzaville hatte nicht sonderlich lange gedauert, aber trotzdem stand die Sonne schon ziemlich hoch im Norden, als der Learjet schließlich in Kariba aufsetzte. Sofort sorgte ein Tankwagenfahrer dafür, dass kein Zweifel blieb, wo sie hier gelandet waren: Er weigerte sich einfach, ausreichend Treibstoff herauszurücken, bevor er nicht sein übliches Bestechungsgeld erhalten hatte.

Walter hatte den Copilotensitz verlassen, stand in der offenen Tür und gab dem Fahrer die Anweisung, die Maschine vollzutanken.

»Ich habe aber nur 200 Gallonen dabei«, rief der Fahrer ihm zu und gab sich Mühe, ein trauriges Gesicht zu machen. »Kerosin ist im Moment sehr knapp. Volltanken wird leider nicht möglich sein. Hast du ein bisschen was Kleines?«

»Immer dasselbe«, stöhnte Walter und stieg aus der Maschine. Mit wenigen Schritten war er bei dem Tanklaster und sah auf die Füllstandsanzeige. Dem Zeigerstand nach war der Tank randvoll.

»Die Anzeige ist kaputt«, behauptete der Fahrer. »Die zeigt immer voll an, aber da sind höchstens noch 200 Gallonen drin. Mehr habe ich nicht. Gib mir doch was Kleines.«

»Jetzt zeige ich dir mal, wie man aus wenig Treibstoff viel macht«, rief Walter auf Französisch zu Fiona hoch. Er zückte seine Brieftasche und drückte dem Mann einen Zehndollarschein in die Hand.

»Oh, ich glaube, ich habe mich geirrt«, behauptete der Fahrer jetzt plötzlich. Er schlug mit der flachen Hand ein paar Mal demonstrativ auf die Armatur, die den Füllstand anzeigte. »Das ist ja gar nicht der fast leere Laster mit dem kaputten Instrument. Der sieht nämlich ganz genauso aus. Das nenne ich aber Glück.«

»Wie ich das nenne, willst du nicht wissen«, knurrte Walter auf Holländisch. Der Fahrer verstand kein Wort. Er bekam aber auch so mit, dass er sich in Walter van Kamp nicht gerade einen Freund gemacht hatte.

In Windeseile schloss der Mann die Schläuche an und begann, den kostbaren Treibstoff in die Tanks des kleinen Jets zu pumpen. Im Flugzeug kontrollierte Fiona über die Instrumente, dass das Geheul der Pumpe nicht nur Schau war, sondern dass wirklich Kerosin ankam. Als die Automatik den Treibstofffluss stoppte, standen alle Zeiger auf »Voll« und die 2140 Liter, die der Durchflussmesser des Tankwagens anzeigte, waren für die geflogene Strecke ein glaubhafter Wert.

Zuletzt unterschrieb Fiona den Beleg und betätigte den Schalter am Armaturenbrett, der alle Versorgungsschächte verriegelte und absicherte. So eine Treibstoffpumpe funktioniert nämlich in beide Richtungen und nur mit dieser Maßnahme konnte sie sicherstellen, dass das teuer bezahlte Kerosin auch in den Tanks blieb.

Mittlerweile waren auch zwei Zöllner aufgetaucht, die einen flüchtigen Blick in Kabine und Gepäckabteil des Learjets warfen und sich dann bald wieder in die klimatisierte Abfertigungshalle zurückzogen, nachdem Walter ihnen ganz offen je einen Zehner zugesteckt hatte.

In Brazzaville waren zuerst François mit der langsamen Piper und dann das Afrika-Team mit der auch nicht sehr schnellen Fokker gestartet. An den Transpondersignalen der Maschinen hatte Fiona gesehen, dass sie beide schon kurz vor Kariba waren, also versammelten Fiona, Alex und Walter sich vor dem Learjet auf dem Rollfeld, denn der Aluminiumkörper des Flugzeugs begann schon, sich in der Sonne aufzuheizen.

Jetzt, um die Mittagsstunde, waren so einige Jets unterwegs und Walter zeigte auf das Netz der Kondensstreifen, das sich im Schein der Morgensonne beeindruckend am Himmel abzeichnete. »Na, da hätte die Chemtrail-Bruderschaft ja wieder was zu fotografieren«, meinte er.

»Mpf!«, schnaufte Fiona verächtlich. Das war alles, was sie als Kommentar dazu abgeben wollte.

Natürlich kannte Wilken die Gemeinschaft der Chemtrail-Verschwörungstheoretiker, die glaubten, dass täglich Hunderte oder gar Tausende von Jets illegal geheimnisvolle Chemiewolken erzeugten, um die Sonneneinstrahlung auf die Erde abzumildern. Das Thema hatte sich für ihn aber sofort erledigt. Wie hätte es möglich sein sollen, Tausende von Piloten, die Fluglotsen, die Techniker und das gesamte Bodenpersonal aller Flughäfen zum Stillschweigen zu verpflichten? Innerhalb kürzester Frist wäre die Sache komplett aufgeflogen. Es hätten sich einfach zu viele Menschen aus zu vielen Nationen an so einer Aktion beteiligen müssen, und wenn zigtausend Leute an etwas teilnehmen, dann ist es keine Verschwörung mehr, dann ist es eine öffentliche Großveranstaltung, die man unter keinen Umständen geheim halten kann.

Im Moment machte der Flughafen einen eher verschlafenen Eindruck. Die Maschinen, die jeden Tag Hunderte von Touristen aus Harare herbrachten, waren alle schon durch und so konnte man sich kaum vorstellen, dass hier vor Kurzem noch lebhaftes Treiben geherrscht hatte.

Es dauerte tatsächlich nicht sehr lange und die Fokker schwebte mit orgelnden Triebwerken ein. Sanft berührte die schwere Turboprop die Landebahn, wurde langsamer und kam nach einer erstaunlich kurzen Strecke zum Stehen. Sofort wendete Hercule die plumpe Frachtmaschine und rollte auf den Parkplatz neben dem Tower, wo auch der Jet stand. In das Dröhnen der Motoren mischte sich das peitschende Geräusch der Propellerblätter, die die anströmende Luft mit Urgewalt nach hinten pressten. Was in der Luft noch einigermaßen elegant ausgesehen hatte, kam nun daher wie eine riesige Planierraupe mit defektem Auspuffrohr. Man brauchte schon eine Menge Fantasie, sich vorzustellen, dass dieses Ding sich jemals vom Boden lösen könnte.

Nachdem Hercule die Fokker nicht weit von dem Jet zum Stehen gebracht hatte, begann er mit dem Abschlusscheck. Fiona, Wilken und Walter gingen hinüber, sobald die Propeller zum Stillstand gekommen waren. Die Tür schwang auf und die Leiter wurde herausgeschoben. Zwar war immer noch eine unheimliche Aura um die Maschine herum, aber Wilken empfand sie bei Weitem nicht so stark wie beim ersten Mal. Dass sie sich aber keineswegs abgeschwächt hatte, sah er, als er in der Maschine war und aus dem Fenster schaute. Der dreiste Tankwagenfahrer von eben versuchte gar nicht erst, ein paar Extradollar zu machen, sondern schloss eilig die Schläuche an und hielt sich von der Maschine so fern, wie es nur gerade ging.

Kaum besser fühlten sich wohl die beiden Zöllner, die eigentlich auch hier einen Blick in die Maschine hatten tun wollen. Sie näherten sich mit allen Anzeichen des Unbehagens und gaben sich dann mit einem kurzen Gespräch mit Hercule zufrieden, der sie auf dem Rollfeld erwartet hatte.

»Günstig«, freute Walter sich. »Das wär doch mal was für unseren Jet. Ich glaube, ich muss mich mal mit dem Leopardenmann unterhalten.«

»Hängt mir bloß keinen Lederbeutel mit Schlangengiftpulver oder so was an die Hydraulik«, warnte Fiona. »Die Wartungstechniker drehen durch.«

»Schade«, meinte Walter mit betrübtem Gesicht, aber es blieb unklar, ob er Fiona nicht nur ein wenig aufziehen wollte. »Dann will ich gleich mal unseren Informanten anrufen und einen Termin mit ihm ausmachen.«

»Gut«, meinte Fiona. »Ich schau derweil nach, ob sie hier ein schickes Auto für uns haben.«

»Ich komme mit und unterschreibe den Vertrag«, schloss Wilken sich an. »Schließlich muss Elmo Caruthers der Fünfte ein paar nachprüfbare Spuren in diesem Land hinterlassen.«

Während Fiona und Wilken in Richtung Abfertigungshalle gingen, tauchte über dem nordwestlichen Horizont die Silhouette eines einmotorigen Sportflugzeugs auf. Das musste François mit der geliehenen Piper sein. Nach dem schrillen Pfeifen des Learjets und dem Donnern der Fokker-Turboprops hörte sich das Motorgeräusch der kleinen Maschine an wie das nörgelige Summen einer übellaunigen Hornisse. Fiona und Wilken wandten sich wieder dem Gebäude zu und gingen in die Halle.

Der erste Schalter, an dem sie vorbeikamen, war von den beiden Zöllnern besetzt, die sichtlich gelangweilt herumhingen. Wilken machte ihnen mit einer kurzen Geste klar, dass sie noch nicht die Absicht hatten, den Flughafen zu verlassen, womit sie sich auch zufriedengaben.

Der nächste Schalter war der der Air Zimbabwe und ein etwas versteckt angebrachter, verkratzter Hertz-Aufkleber machte darauf aufmerksam, dass man sich hier auch ein Fahrzeug leihen konnte. So etwas wie einen gesonderten Schalter für Leihwagen gab es am Kariba-Airport nicht. Schließlich war das hier kein internationaler Flughafen im eigentlichen Sinne, sondern mehr dazu gedacht, den Maschinen aus der Hauptstadt eine Landemöglichkeit zu bieten. Täglich kamen einige Flugzeuge voller Touristen aus Harare und die brauchten keine Leihwagen, sondern sie wurden mit Bussen zu den Victoriafällen weiterbefördert. Entsprechend dünn war das Angebot an Fahrzeugen. Neben einem etwas angejahrten Ford Mondeo standen nur noch ein winziger Suzuki-Jeep und ein Landrover von 1974 zur Verfügung. Der schied aus Altersgründen sofort aus und der Suzuki war zu klein, also bekam Fiona den Mondeo.

Nachdem der Kariba-Car-Rental-Vertrag ausgefüllt und unterschrieben war, hielt der Angestellte der Zimbabwe-Air Wilken ein Schlüsseletui mit Avis-Aufdruck hin. Ob man bei Hertz und Avis wohl wusste, wozu die Kariba-Car-Rental ihre guten Namen hier verwendete? »Der Wagen steht dann links von der Halle.« Der Angestellte zeigte grob in die Richtung. »Der blaue Mondeo. Vollgetankt und fahrbereit.«

Fahrbereit. So wie er es aussprach, schien der Mann irgendwie stolz darauf zu sein. »Danke!« Wilken gab den Schlüssel sofort an Fiona weiter und ging mit ihr an den Zöllnern vorbei zurück auf das Rollfeld.

François war mittlerweile gelandet und stoppte die kleine Piper gerade neben dem Learjet. Schon aus fünfzig Metern war der orangegrüne Helm, den er trug, unübersehbar. »Na, hat er sich bewährt?«, rief Wilken über das Vorfeld, als der Motor stand und François den Helm abgesetzt hatte.

»Allerbestens!«, rief der durch das kleine Schiebefenster in der leicht gelblich getönten Plexiglasscheibe. »Vom Start bis zur Landung war es ein reiner Instrumentenflug. Messie hat mir alle wichtigen Daten auf das Visier gebeamt und mich metergenau hergeführt.« Er öffnete die Tür des kleinen Hochdeckers und stieg aus der Maschine. »Ich habe sogar gesehen, wie ihr über mich weggeflogen seid. Brauchte nur den Kopf in den Nacken zu legen und hatte eure Transpondersignale direkt vor Augen.«

»Genial!« Wilken war ehrlich beeindruckt.

»Ja!«, bestätigte François ein wenig unbescheiden.

»Und die Piper?«, wollte Walter wissen. »Alles okay damit?«

»Alles prima!« François nickte. »Ist ganz schön flink, die Kleine.«

»Flink?« Matan sah auf seine Armbanduhr. »Du bist drei Minuten über der Zeit. Hast dir während des Fluges wieder ein paar Mangos gepflückt, was?« Er grinste François an.

»Nee, keine Zeit dazu«, gab der mit todernstem Gesicht zurück. »Musste dauernd irgendwelchen Giraffen den Hals kraulen.«

»Hätten dich sonst nicht vorbeigelassen, stimmt's?«

»Genau!« François nahm die Anspielung darauf, dass die Piper mangels Druckkabine nicht sehr hoch fliegen konnte, gelassen auf. Dafür hatte sie andere Qualitäten. Sie kam zum Beispiel zur Not auch mit einer nur dreihundert Meter langen Startbahn aus und im Tiefflug war sie so gut beherrschbar, dass kein Radar der Welt sie orten konnte.

»Freut mich, dass der Helm so gut funktioniert«, meinte nun auch Walter. Es schien ihm irgendwie ein wenig leidzutun, dass er sich zuerst so abfällig geäußert hatte.

»Das Ding hat Funktionen, von denen ich selbst nichts geahnt habe« gab François nun zu. »Aber Messie erkennt diese Möglichkeiten sofort und nutzt sie voll aus. Stellt euch vor: Ich hab sogar gesehen, dass Fiona und Alex in die Halle gegangen sind, als ich ankam.«

»Wie geht das denn?« Wenn es um die Überwachung seiner Person ging, war Wilken immer besonders interessiert.

»Über Handyortung. Ich habe eure Signale auf das Visier bekommen und konnte so auf drei Meilen Entfernung jeden Schritt verfolgen.«

»Was für ein Alptraum«, meinte Wilken. Wenn das so weiterging, dann war es in spätestens einem Jahr mit seiner Privatsphäre endgültig vorbei.

»Kann aber mal nützlich sein«, verteidigte François seine Entwicklung.

»Ja, schon klar!« Wilken winkte ab. Fast alles konnte irgendwann mal nützlich sein, sogar ein Nagel im Fuß – wenn man gerade sehr dringend einen Nagel brauchte. Wenn man es sich aber recht überlegte, ging es ohne auch sehr gut.

Inzwischen war ein kleinerer Tankwagen herangekommen, aber es war derselbe Fahrer wie vorhin. Er betankte die Piper mit Flugbenzin, ließ sich den Beleg unterschreiben und verschwand wieder eilig. Wahrscheinlich war für ihn die Aura der Fokker auf dem ganzen Parkplatz spürbar. Das Team allerdings merkte überhaupt nichts mehr davon. Vielleicht konnte der Zauber, oder was immer dahintersteckte, ja zwischen Freund und Feind unterscheiden?

Wilken stutzte und schüttelte leicht den Kopf über sich selbst. Über was dachte er hier eigentlich nach? War das noch normal? Zu allem Überfluss erschien nun auch noch der Leopardenmann im Einstieg der Fokker, zwinkerte ihm zu und verschwand wieder im Dunkel des Flugzeugrumpfes. Wilken wandte sich ab und versuchte, an etwas anderes zu denken.

»Also, meinetwegen können wir.« Hercule hatte etwas abseits gestanden und telefoniert. Jetzt sah er Alex und François auffordernd an.

»Jederzeit«, meinte François, der halb unter der hochgeklappten Motorhaube der Piper steckte. »Die Maschine ist fit.«

»Gehen wir uns anmelden.« Wilken steuerte von

den beiden anderen gefolgt auf die Abfertigungshalle zu. Angeschlossen hatte sich auch Matan.

Der *Immigration Act* lief völlig reibungslos ab. Nachdem sie ihre Papiere abgestempelt bekommen hatten, deklarierten Wilken und Hercule je eintausend US-Dollar beim Zoll, während François und Matan wesentlich kleinere Beträge vorlegten. Das musste sein, damit es später bei der Ausreise keine Schwierigkeiten mit dem Restgeld gab. Geld mitbringen durfte man massenweise, aber wenn man versuchte, Geld unbekannter Herkunft außer Landes zu bringen, dann war das eine schwere Straftat. Wer dabei erwischt wurde, der konnte sich getrost auf den Verlust des gesamten Betrags und eine Gefängnisstrafe gefasst machen.

Obwohl er seinen neuen Namen eingeübt hatte, fiel es Wilken nicht ganz leicht, sich darauf einzustellen. Caruthers ging ja noch, aber der Vorname Elmo war doch sehr gewöhnungsbedürftig.

»Alles in Ordnung, Mister Caruthers«, sagte der Zöllner. »Ich wünsche Ihnen einen schönen Aufenthalt in Simbabwe.« Besonders herzlich fiel diese Verabschiedung aus, weil während des Gesprächs mal wieder ein Zehner den Besitzer gewechselt hatte. Wilken gönnte dem Mann das Geld, denn der Staat war völlig pleite, und wann die Zöllner das letzte Mal ihren regulären Lohn erhalten hatten, wussten sie wahrscheinlich selbst nicht mehr.

Als alles erledigt war, gingen die vier wieder in Richtung Rollfeld. Auf halbem Weg kamen ihnen

Fiona und Walter mit Ushinde und dem Leopardenmann entgegen. »Na, hast du den Informanten erreicht? Hat er Zeit für euch?«, wollte Wilken von Walter wissen.

»Wir fahren jetzt auch gleich los«, antwortete der. »In gut zwei Stunden treffen wir ihn bei der Mine. Guten Flug!«

»Gute Fahrt!«, wünschte Wilken. »Passt auf euch auf.«

Matan machte noch einen kurzen Abstecher zur Fokker, um sich zwei »Nothelfer« mitzunehmen, wie er sagte. Sorgfältig verschloss er die Frachtmaschine und kam dann zu der Piper, wo die anderen schon warteten.

François startete den Motor und keine Minute später hoben sie in Richtung Bergwerk ab.

Tsuro

Changa versuchte, den Ärger über seine missglückte Aktion hinunterzuschlucken, und meldete sich bei der Schwester zum Verbandswechsel. Es wurde auch Zeit, denn der am Morgen kaum noch wahrnehmbare Schmerz in der Wade war mittlerweile zu einem dumpfen Pochen geworden, das sich nicht mehr ignorieren ließ.
»Hab ich's doch geahnt!« Die Schwester zog verärgert die Augenbrauen zusammen, als sie den Verband gelöst und die Kompresse entfernt hatte. »Da sind Dreck und Schweiß reingekommen. Der ganze Verband ist ja feucht. Die Wundränder sind bös entzündet. Du bist viel zu viel rumgelaufen. Bleib hier liegen, ich muss den Arzt holen.«

Changa richtete sich auf, um das Bein sehen zu können, und erschrak. Die Naht sah wirklich nicht gut aus. Außerordentlich schlecht sogar.

»Menschenskind, wie kann man nur so dämlich sein?« Doktor Lerch war ernsthaft sauer. »Was hast du gemacht? Marathonlauf? Da rettet man den Bengel vorm Verbluten und der hat nichts Besseres zu tun, als alles wieder sofort zu ruinieren.«

»Entschuldigung«, sagte Changa lahm. Er wusste ja, dass der Arzt recht hatte, aber so schnell ließ der sich in seinem Ärger nicht stoppen.

»Du stehst kurz davor, dir einen ganz gepflegten Wundbrand einzufangen«, schimpfte er laut weiter. »Weißt du, was das heißt?«

»Äh, nein.« Changa war von dem Wutausbruch total eingeschüchtert.

»Das heißt, dass wir dir das Bein doch noch abnehmen müssen, und zwar bis zum Knie!«

»Aber ich musste doch ... Für Cecil ...« Changa versagte die Stimme.

»Das ist der Junge, der gestorben ist?« Jetzt hörte der Arzt sich schon etwas versöhnlicher an.

»Mein Freund. Ja! Ich musste doch seine Sachen herschaffen, weil – weil er doch gleich abgeholt wird.«

»Auf die Idee, uns mal Bescheid zu sagen, bist du aber nicht gekommen? Wir hätten die Sachen schon holen lassen.«

»Das wusste ich doch nicht. In der Mine ist es doch allen egal, wie es uns geht.«

»Da hast du wohl recht.« Der Arzt nickte ernst. »Aber hier bei mir läuft das anders. Merk dir das mal! Normalerweise sollte ich dich ins Bett stecken und dich eine Woche lang nicht mehr rauslassen.«

»Aber das geht nicht. Ich muss doch Cecil in sein Dorf bringen.«

»Du wirst dich nicht aufhalten lassen, nicht wahr?«

»Nein!«

»Du machst mich wahnsinnig!« Doktor Lerch seufzte. »Dann nimm wenigstens die Medikamente regelmäßig, die ich dir mitgebe.« Er ging zum Apothekenschrank und entnahm ihm zwei kleine Schraubgläser. Daraus füllte er ein paar Tabletten in eine kleine Plastiktüte.

»Was ist das?«

»Antibiotikum«, sagte der Arzt. »Das verhindert, dass die Wunde sich noch weiter entzündet. Ich gebe dir drei Tabletten mit, davon nimmst du jeden Tag eine. Eine nur! Immer am Morgen. Verstanden?«

»Ja!« Changa nickte.

»Wahrscheinlich kriegst du Durchfall davon«, fuhr der Arzt fort. »Dann nimmst du die hier.« Er zählte ein paar rosafarbene Tabletten in einen anderen Plastikbeutel. »Täglich zwei! Eine am Morgen und eine am Abend. Auch klar?«

»Ja, danke!«

»Ich kann dich nicht zwingen, hierzubleiben, und ich verstehe, dass du deinen Freund heimbringen willst, aber du machst einen Fehler.«

Changa blieb stumm. Er wusste es ja selber, aber es ging nicht anders. Er musste bei dem Begräbnis unbedingt dabei sein, das war er Cecil und seiner Familie einfach schuldig.

»Tja, dann bleibt mir nichts weiter, als dir eine gute Reise zu wünschen.« Der Arzt schüttelte leicht den Kopf und sah Changa ernst an. »Schwester Anneke wird dich jetzt verbinden und dir noch Salbe und Verbandszeug mitgeben. Tu dir selbst einen Gefallen und achte beim Verbandswechsel ganz besonders auf Sauberkeit.«

»Ja, danke.« Changa nickte. »Ich schaff das schon.«

»Du machst mich fertig!« Der Arzt ging in das andere Behandlungszimmer und kümmerte sich um den Patienten, den er wegen Changa hatte warten lassen.

»Ich hätte dich nicht für eine Woche ins Bett gesteckt, sondern gleich für vierzehn Tage.« Die Schwester reinigte die Wundränder mit einer hellen Flüssigkeit und Changa merkte, wie ärgerlich sie war. »Festbinden sollte man dich! Bleib gleich bloß in deinem Bett, bis der Wagen da ist, sonst kriegst du den Ärger deines Lebens!«

»Ja, Ma'am!« Es war seltsam. Die Schwester hatte wirklich üble Laune und schimpfte in einer Tour, aber Changa spürte, dass das nur so war, weil sie sich tatsächlich Sorgen um ihn machte. Sie wollte, dass es ihm besser ging, und er war viel zu leichtsinnig mit seiner Verletzung umgegangen.

»So.« Vorsichtig klebte die Schwester einen Tapestreifen über das lose Ende des Verbands und richtete sich auf. »Jetzt ab ins Bett und keinen Mucks! Ich sage dir Bescheid, wenn der Wagen da ist.«

Folgsam humpelte Changa auf ihren Arm gestützt zum Schlafsaal und legte sich hin. Zuerst war er noch zu aufgeregt, um sich wirklich entspannen zu können. Die Gemeinheiten des Mannes im Lohnbüro und der Misserfolg seiner Tablettenbeschaffungsaktion gingen ihm nicht aus dem Kopf. Aber es gab auch gute Dinge: Die ehrliche Sorge des Arztes und der Schwester machten manches wieder wett. Nach und nach beruhigte er sich ein wenig und merkte schon bald, wie wenig Ruhe er in der vergangenen Nacht gehabt hatte. Die Augenlider wurden ihm schwer und wenige Minuten später war er eingeschlafen.

»Komm, steh auf!« Es war Bens Stimme, die Changa weckte. »Dein Wagen ist da. Den anderen haben wir schon eingeladen. Nun komm!«

Wagen? Den anderen? Völlig verwirrt öffnete Changa die Augen ein Stück weit. Er hatte gerade von Sakile, seiner Braut, geträumt und wäre gerne noch ein Weilchen im Traumreich geblieben; aber dann sah er Ben an der Schlafsaaltür stehen und die sofort aufbrandende Wut fegte jeden guten und zärtlichen Gedanken fort. Ben, der Verräter, stand da und sprach von Cecil, als hätte man gerade einen Kühlschrank verladen.

»Verschwinde!«, stieß Changa hervor und schwang die Füße aus dem Bett. »Hau bloß ab!«

»He, Mann! Was hast du denn?«, tat Ben ganz erstaunt, wich aber trotzdem lieber einen Schritt zurück. »Ich soll dir helfen, dass du gut in den Wagen kommst.«

»Wage nicht, mich anzufassen!« Changa zerrte seine Arbeitshose aus dem kleinen Spind neben dem Bett und zog sie an. Auch das völlig verschwitzte und verdreckte T-Shirt musste noch mal reichen. Als er wieder zur Tür sah, stand die zwar noch offen, aber Ben war verschwunden.

Dass es nicht sonderlich schlau gewesen war, die Hilfe abzulehnen, merkte Changa sofort, als er die beiden Bündel unter dem Bett hervorzog. Das zusätzliche Gewicht tat seinem Bein nicht gut und bei jedem Auftreten sandte es eine wütende Schmerzwelle aus. Trotzdem kämpfte er sich Schritt für Schritt auf den Flur und aus dem Gebäude heraus.

»Hallo! Du musst Changa sein!« Der junge Fahrer, der an der Seite des zerbeulten, blauen Wagens gelehnt hatte, drehte sich zur Eingangstür um. Sofort kam er um den Wagen herum und nahm Changa die Bündel ab. »Ich bin Tsuro, ein Cousin von Cecil«, sagte er dabei.

»Hallo!« Changa war sofort die Ähnlichkeit zwischen Cecil und dem Fahrer aufgefallen. »Tsuro? Du heißt wirklich Tsuro?«

In Simbabwe kennt jedes Kind die Geschichten von dem gewitzten Hasen Tsuro, der seine Feinde austrickst und alle Gefahren übersteht.

»Klar doch!« Der Fahrer hob die Bündel über die Bordwand des kleinen Pick-ups. »Meine Eltern meinten, dass man auf dieser Welt gar nicht pfiffig genug sein kann, und da ...«

Changa hörte ihn kaum. Er hatte den Körper entdeckt, der ausgestreckt auf der Ladefläche lag. Tsuro hatte eine graue Plane über Cecil gedeckt, die an den Rändern mit ein paar Holzstücken und Eisenteilen beschwert war.

»Steig ein«, forderte Tsuro Changa auf, »aber warte! Der Griff ist kaputt, ich muss von innen aufmachen.« Er ging um den Wagen herum, setzte sich hinter das Lenkrad und hangelte quer durch den Wagen nach dem Türgriff.

Aufatmend ließ Changa sich auf den Beifahrersitz fallen. Nach den paar Schritten schmerzte das Bein schon wieder gewaltig und er war froh, dass er es jetzt eine Weile schonen konnte. Vorsichtig zog er die Füße nach und schlug die Tür zu.

Keine Sekunde zu früh, denn plötzlich stand der Chef der Wachleute neben dem Wagen. »Hab ich dir nicht gesagt, dass du das Krankenhaus nicht verlassen darfst? Sofort raus aus dem Wagen!«

Changa dachte nicht im Traum daran, zu gehorchen, und drehte eilig die Seitenscheibe hoch.

»Los jetzt! Raus mit dir!« Der Mann schäumte vor Wut. Er versuchte, die Tür von außen zu öffnen, und als das nicht gelang, riss er an dem Griff herum und trat gleichzeitig gegen das Blech.

Die beiden Posten, die das Haupttor zum Werksgelände bewachten, schauten herüber. Ganz klar, dass ihr Boss irgendwelche Schwierigkeiten mit den Insassen des Wagens hatte. Zögernd setzten sie sich in Bewegung.

Tsuro sah Changa an. »Verschwinden wir?«

»Ja! Schnell!« Die Wachleute hatten schon den halben Weg zurückgelegt.

»Machen wir's wie der Hase!«, lachte Tsuro und drehte den Zündschlüssel. Der Motor sprang sofort an und er gab Gas. Der Pick-up rollte los und der Chef der Wachleute wich mit einem ungläubigen Gesichtsausdruck zurück. Er war es gewöhnt, dass man ihm gehorchte, und so eine Respektlosigkeit hatte er noch nicht erlebt.

Mit einem eleganten Schlenker steuerte Tsuro den Wagen an den beiden Wachmännern vorbei und innerhalb von Sekunden hatten sie das Krankenhausgelände hinter sich gelassen.

Changa drehte sich auf dem Sitz um und sah, wie der Chef der Wachleute ihnen in einer plötzlichen Wutwallung das Sprechfunkgerät nachwarf, das er die ganze Zeit in der Hand gehalten hatte. Das Gerät stieg hoch in den blauen Himmel, kam gute zwanzig Meter hinter dem Wagen herunter und zerschellte auf der Straße.

Der Mann sah dem alten blauen Pick-up noch ein paar Sekunden lang nach und verzog das Gesicht. Das war jetzt nicht so gut gelaufen und da blieb ihm wohl nichts anderes übrig, als den Besitzer des Bergwerks anzurufen. Hoffentlich hatte der Alte nicht gerade wieder schlechte Laune. »He, du!«, blaffte er einen seiner Untergebenen an. »Gib mir dein Funkgerät!«

Der Mann kam heran und händigte seinem Chef das Gerät aus.

»Und jetzt wieder ab an die Arbeit!«

Langsam setzten sich die beiden Wachen in Richtung Haupttor in Bewegung.

Es gab eine Frequenz, auf der man direkte Verbindung mit der Bergwerksleitung aufnehmen konnte. Natürlich nutzte keiner der einfachen Wachmänner diese Möglichkeit – er wäre sofort gefeuert worden –, aber der Chef der Wachleute stellte die Frequenz, ohne zu zögern, um. Schließlich war er nicht umsonst ihr Chef, denn der Besitzer des Bergwerks war sein Onkel. Schon nach dem zweiten Betätigen der Ruftaste meldete der Alte sich.

»Hallo, Onkel Tekene! Einer von den Arbeitern ist abgehauen. – Nein, warte! Sein Freund ist gestern gestorben und er hat den Verdacht, dass das mit den Medikamenten aus dem Labor zusammenhängt. – Ich habe schon mit ihm gesprochen und ihn gewarnt. Er hatte sich ein paar von den Tabletten besorgt, aber die habe ich ihm schon abgenommen. Jetzt ist er verschwunden. – Ja, der will uns garantiert irgendwelche Schwierigkeiten machen! Da steckt bestimmt dieser Doktor dahinter, dieser Lerch! Jetzt ist der Bengel in Richtung Osten unterwegs. – Ja, okay, ich fahre mit zwei Mann hinterher. – Ich lass mir dann im Personalbüro die Heimatadresse von diesem Cecil geben. Spätestens bei der Beerdigung erwischen wir diesen Changa. – Ja, ich habe verstanden.«

Der Wachmann beendete das Gespräch und ein Grinsen schlich sich auf sein Gesicht. Sein Onkel hatte ihm gerade freie Hand gegeben, was den Ausreißer anging. Dieser Changa hatte eine ziemlich schwere Verletzung am Bein. Wie es ihm wohl gefallen würde, mitten in der Savanne ausgesetzt zu werden?

Elmo Caruthers der Fünfte

Wilken nutzte den Flug von Kariba zum Bergwerk dazu, sich auf seine Rolle einzustellen. Sein Plan war es, dem Besitzer des Bergwerks als vertrottelter Universalerbe eines steinreichen Erdnusspflanzers entgegenzutreten. Zwangsläufig würde dieser ihn unterschätzen und nicht so wachsam sein wie sonst bei geschäftlichen Verhandlungen.

Es ist leicht, wie ein Idiot auszusehen. Man nimmt beim Gehen einfach die Fußspitzen eine Winzigkeit weiter nach innen und hält die Arme recht steif am Körper. Leicht nach außen gedrehte Handflächen verstärken den Eindruck, genau wie ein etwas nach vorne gereckter Kopf. Da kann dann auch die eleganteste Kleidung nichts mehr retten und der sündteure, naturfarbene Armani-Leinenanzug umschlotterte Wilkens Glieder, als habe der ihn irgendwo aus einem Container der Altkleidersammlung gezogen.

Wilken hatte seine Rolle als Elmo Caruthers gut eingeübt und vergaß auch nicht zu stolpern, als er sich kurz noch mal zu der Piper umdrehte, neben der François Brunél stand. Hercule, der neben Wilken ging, griff schnell zu und bewahrte ihn vor einem

Sturz. Unwillig schüttelte der diese Hand ab und tapste weiter auf den ziemlich neuen, silbergrauen Geländewagen zu, mit dem sie vom Rollfeld abgeholt wurden. Die Chromleisten und der glänzende Lack wirkten hier draußen auf der Behelfslandebahn mitten in der Savanne völlig fehl am Platz.

Der Fahrer schaute sowieso schon ziemlich mürrisch drein, und dass seine Passagiere es noch nicht einmal nötig hatten, ihn zu grüßen, verbesserte seine Laune auch nicht gerade. Wütend sah er Matan an, der sich in der Rolle des Bodyguards völlig gleichmütig auf dem Beifahrersitz zurücklehnte und den Kolben eines Revolvers unter der Jacke hervorblitzen ließ. Ärgerlich trat der Fahrer das Gaspedal voll durch und jagte den Wagen die Hauptstraße des kleinen Dorfes entlang, das sich nahe bei dem Bergwerk gebildet hatte.

Die Wachen am Haupttor der Mine zogen eilig das Gitter zur Seite, als sie Gehtschon mit dem Wagen des Chefs heranstürmen sahen. Von da aus dauerte es nur noch wenige Sekunden, bis sie vor dem kleinen Steinbau, in dem die Verwaltung des Bergwerks untergebracht war, in einer Staubwolke zum Stehen kamen.

Direktor Tekene wandte sich von dem Fenster ab, von dem aus er die Ankunft beobachtet hatte, setzte sich an seinen Schreibtisch und zog ein paar belanglose Papiere heran, um einen beschäftigten Eindruck zu machen. Sekunden später klopfte es an der Tür und seine Tochter, die heute Sekretärin spielen musste, führte Hercule und Wilken herein, während der unbekannte Bodyguard mit wichtiger Miene draußen Stellung bezog. Tekene schob die Papiere wieder an die Seite und stand auf.

Hercule begrüßte Tekene und stellte Wilken dann mit großer Geste vor: »Das hier ist Elmo Caruthers der Fünfte. Wir haben uns vor ein paar Monaten in Saint-Tropez kennengelernt. Da war sein Vater gerade verstorben. Elmos Familie hat ein Riesenvermögen mit ihren Erdnussplantagen gemacht und er ist der Alleinerbe. – Elmo, das hier ist Mister Tekene. Ihm gehört das Bergwerk.«

»Sehr erfreut.« Wilken zwinkerte nervös. »Sie werden von mir gehört haben.«

»Aber sicher!«, bestätigte Tekene und zwang sein verdrießlich-faltiges Bulldoggengesicht zu einem Lächeln. »Sie sind ein bekannter Mann.«

»Glauben Sie bloß nicht alles, was Sie so hören.« Wilken sah sich kurz um, als vermute er Feinde hinter sich. »Ich habe meine Steuern immer bezahlt und mit Geldwäschegeschäften habe ich niemals etwas zu tun gehabt!«

»Ja, äh …« Tekene wusste nicht so recht, was er sagen sollte. In Wirklichkeit hatte er noch nie etwas von Elmo Caruthers gehört, bevor Hercule sich als Vermittler an ihn herangemacht hatte. Vor etwa einem Monat hatte der ihm von einem verblödeten Multimillionär erzählt, der sich aus einer Laune heraus unbedingt eine Diamantmine zulegen wollte. Zusammen hatten sie dann einen Plan ausgeheckt, wie sie Caruthers die bankrotte Mine am besten aufschwatzen konnten.

»Das wäre also geklärt«, behauptete Wilken. »Kommen wir zum Geschäft.«

»Ja, meinetwegen.«

»Nein, Moment!« Wilken winkte ab.

»Was ist denn?« Tekene zog die Augenbrauen zusammen.

»Saure Nüsse«, sagte Wilken versonnen und grinste von einem Ohr bis zum anderen.

»Wie bitte?« Tekene sah Wilken fragend an.

»Saure Nüsse«, wiederholte der mit einem strahlenden Lächeln. »Mein neues Produkt.«

»Hab ich noch nie gehört«, meinte Hercule und warf Tekene einen bedeutsamen Blick zu.

»Das ist es ja gerade«, freute Wilken sich. »Die gibt es noch gar nicht. Es gibt süße und salzige Nüsse, aber keine, die sauer sind. Klasse, was? – *Elmos saure Nüsse*, damit mache ich Geschichte!«

Der alte Tekene war in der ganzen Region dafür berüchtigt, dass er nicht einen Funken Humor besaß, dafür aber umso schneller die Geduld verlor. Die sprunghafte Art dieses Elmo Caruthers' nervte ihn tödlich. Mit zusammengezogenen Augenbrauen sah er Hercule an, als habe dieser ihm gerade einen völlig durchgedrehten Ziegenbock ins Büro gebracht. Er war von Caruthers eindeutig nicht begeistert. »Was redet der Mann?«

Hercule wedelte hinter Wilkens Rücken mit der flachen Hand vor dem Gesicht herum, was er sagte, war aber: »Elmo ist ein sehr kreativer Geschäftsmann. In seinem Kopf arbeitet es ständig und manchmal muss es eben einfach raus.«

»Ja.« Wilken grinste begeistert. »Ich bin sehr kreativ. Da können Sie jeden fragen. *Elmos saure Nüsse* – das wird ein Renner – das ist ein Geniestreich. Reden Sie bloß nicht darüber. Wenn die Konkurrenz das mitkriegt ...«

»Schon gut.« Tekene winkte mit ärgerlichem Gesichtsausdruck ab.

»Du, Elmo«, Hercule legte Wilken eine Hand auf die Schulter, »klasse Idee, das mit den Nüssen. Aber vielleicht sollten wir das nachher besprechen.«

»Da gibt's nichts zu besprechen«, schnappte Wilken. »Da lass ich mir nicht reinreden. Die werden in Essig eingelegt und dann geröstet. Fertig! Klar?«

»Du machst das schon.«

»Wäre nett, wenn wir jetzt mal über das Bergwerk reden könnten«, forderte Wilken plötzlich. »Deswegen bin ich ja schließlich hier. Ich hab nicht ewig Zeit. Also, wenn ich bitten darf ...«

Tekene war mittlerweile der festen Meinung, dass er es hier mit einem ziemlich aggressiven Halbidioten zu tun hatte, der keinerlei Durchblick hatte. Allerdings verfügte dieser Idiot über etliche Millionen Dollar und wollte sich eine Diamantmine zulegen, deswegen blieb er freundlich.

Natürlich hatte Tekene recherchiert, wer dieser Elmo Caruthers war, als Hercule ihm angeboten hatte, den Verkauf der Mine zu vermitteln, aber Messie hatte ganze Arbeit geleistet: Auf einem Server in der Hauptstadt Harare lagen massenhaft speziell für Tekene fingierte Artikel sowie Fotos und Filme vom Caruthers-Clan. Zum Beispiel Elmo Caruthers der Fünfte an Bord seiner Vierzigmeterjacht *Peanuts*. Caruthers vor einem Untersuchungsausschuss in einer Geldwäscheaffäre. Caruthers an der Seite von Filmsternchen in Cannes. Die Caruthers-Plantagen in den USA, Brasilien und im Senegal in kartografischer Darstellung. Ein Bild vom ersten Elmo in Alabama im Kreise seiner Sklaven. Auch viele Fotos von Erdnussprodukten waren dort zu sehen. Das Prunkstück der gefälschten Identität war aber das Zeitungsfoto von einem blöd grinsenden Elmo Caruthers dem Fünften, der gerade in angetrunkenem Zustand seinen brandneuen Porsche an einem Brückenpfeiler zerlegt hatte. Messie hatte die Fotos so perfekt manipuliert, dass sie in jeder Illustriertenredaktion als echt durchgegangen wären.

Das alles hatte der alte Tekene sich angesehen und es hatte eine starke Begehrlichkeit in ihm geweckt. Er wollte diesen stinkreichen Idioten um ein paar Millionen erleichtern und sich endlich zur Ruhe setzen. Seit über zehn Jahren leitete er dieses Bergwerk, das er bei der Landreform mit ein paar Banditen gewaltsam übernommen hatte. Zahlungen an hohe Staatsbeamte hatten die Sache legalisiert, aber das war ein Fehler gewesen. Die Erwartungen hatten sich nicht erfüllt und jedes Jahr waren die Erträge schlechter geworden. Das ging Caruthers aber nichts an, fand Tekene, und er hatte Papiere vorbereitet, die dem Interessenten das genaue Gegenteil beweisen sollten.

»Und Sie holen hier wirklich Diamanten aus der Erde?«

Diese Frage war so naiv, dass Hercule gequält aufstöhnte.

»Ja, das tun wir«, bestätigte Tekene.

»Und wie viel so? Das lohnt sich doch bestimmt, oder?«

»Ja, das tut es« Tekene bekam langsam den Eindruck, es hier mit einem Fünfjährigen zu tun zu haben. Einem etwas zurückgebliebenen Fünfjährigen.

Wilken drehte sich zu Hercule um. »Hörst du? Es lohnt sich.«

»Aber selbstverständlich«, bestätigte Hercule, der ganz in seine Rolle als Vermittler geschlüpft war. »Meinst du, sonst hätte ich dir das Geschäft vorgeschlagen?«

»Natürlich hättest du das.« Wilken weidete sich einen Moment lang an Hercules betroffenem Gesichtsausdruck und brach dann in schallendes Gelächter aus.

Hercule stimmte zögernd mit ein.

Wilken beruhigte sich und wandte sich wieder Tekene zu. »Und warum verkaufen Sie, wenn die Mine doch so gute Gewinne abwirft?« Er versuchte, gleichzeitig schafsdämlich und misstrauisch auszusehen.

Tekene seufzte. »Sehen Sie, Mister Caruthers …«

»Elmo«, unterbrach Wilken ihn.

»Sehen Sie, Elmo: Ich bin alt.« Er machte ein mitleiderregendes Gesicht. »Ich werde die Blütezeit der Mine kaum noch erleben. Sie hingegen sind jung, und wenn es bei der Steigerungsrate von acht Prozent jährlich bleibt, dann fahren Sie schon in fünf oder sechs Jahren enorme Gewinne ein.«

»Na ja.« Wilken tat so, als sei er halb überzeugt. »Lohnen wird sich die Mine ja schon. Immerhin leisten Sie sich den Luxus, ein eigenes Krankenhaus zu betreiben. Das kostet doch sicher eine Menge Geld. Kann man das nicht einsparen?«

»Davon würde ich abraten«, lächelte Tekene. Jetzt konnte er seine Trumpfkarte ausspielen. »Die Klinik kostet kein Geld. Sie bringt sogar noch was ein.«

»Ja? Wie geht denn so was?« Wilken legte den Kopf leicht schräg und sah Tekene mit halb offenem Mund an.

»Ganz einfach.« Tekene griff hinter sich und zog einen Aktenordner mit der Aufschrift »Klinik« aus dem Schrank. Darin befanden sich die einzigen Dokumente seines Büros, die nicht frisiert und gefälscht waren. »Da werden Medikamente getestet und ich bekomme für jeden meiner Arbeiter, der sich daran beteiligt, einen gewissen Betrag. Hier können Sie alles nachlesen.« Damit schob er Wilken den Ordner hinüber.

Das waren nun die einzigen Dokumente, die Wilken überhaupt interessierten. Er schlug den Ordner auf, überflog den Inhalt und wurde nicht enttäuscht. Hier war alles festgehalten, was die Errichtung und den Betrieb der Containerklinik betraf. Der Vertrag mit den Zahlungsvereinbarungen war ganz hinten eingeheftet und davor war Blatt für Blatt nachzulesen, was für Gelder von dem Pharmakonsortium an das Bergwerk geflossen waren. Die Summen waren zwar nicht gerade gigantisch, aber für den Besitzer eines völlig maroden Bergwerks auch nicht uninteressant. Beachtete man, dass in der enormen Grundstücksmiete für das Klinikgelände auch ein beträchtliches Schweigegeld versteckt war, waren es Beträge, die man als angemessen bezeichnen konnte. Auch die Vereinbarungen über das »Gesundheitsprogramm« waren hier vertraglich festgehalten.

»Das ist ja genial«, grinste der falsche Elmo und wandte sich Hercule zu. »Du, da vermietet der Kerl doch seine Arbeiter für Experimente und macht richtig Kohle damit.« Ehe Tekene sich's versah, stand Wilken auf, beugte sich über den Tisch und schlug ihm anerkennend auf die Schulter. »Klasse, Mann!«

Hercule warf dem Alten einen entschuldigenden Blick zu, der gleichzeitig aussagen sollte, dass auch er Caruthers für einen etwas schwächer begabten Menschen hielt.

»Das will ich auch! Das mach ich auch!« Wilken setzte sich wieder und blätterte in dem Ordner. »Der Vertrag ist doch nicht befristet, oder?«

»Nein, nein«, beruhigte Tekene ihn lächelnd, während er weitere Aktenordner vor Wilken auf den Tisch packte. Er spürte, dass der Fisch nun am Haken hing. Jetzt hieß es nur noch, die Leine vorsichtig einzuholen, dann war er die verhasste Mine endlich los und konnte aus der Provinz in die Hauptstadt ziehen. »Hier. Sie können sich alles ansehen. Rentabilitätsberechnungen, geologische Gutachten, jährliche Steigerungsraten, und, und, und …«

»Aber nicht hier.« Wilken warf Hercule einen misstrauischen Blick zu. »Der da muss ja nicht alles wissen. Ich muss mir das ganz in Ruhe ansehen.« Wilken schloss schwungvoll den Klinikordner. »Sie haben hier doch hoffentlich ein Zimmer, wo ich das tun kann?«

»Natürlich«, nickte Tekene säuerlich. »Sie können unser Besprechungszimmer benutzen. Da haben Sie Ihre Ruhe.«

»Ja, dann mal hoppla!« Wilken klemmte sich alle Ordner unter den Arm und ließ sich von Tekene den Weg zeigen.

»Sehen Sie, ich hab es Ihnen ja gesagt, dass ich gute Verbindungen habe«, protzte Hercule, als Tekene wieder in sein Büro kam.

»Wenn das Ihre guten Verbindungen sind, dann möchte ich die schlechten gar nicht erst kennenlernen«, meinte Tekene. »Was für ein Idiot!«

»Er ist ein Cretin«, bestätigte Hercule. »Aber er hat Geld! Hauptsache, Sie vergessen meine Provision nicht!«

»Aber nein. Zehn Prozent, wie besprochen«, beruhigte Tekene ihn und musste sich ein Grinsen verkneifen. Der amerikanische Trottel hing fest am Haken und er dachte nicht im Traum daran, Hercule für seine Vermittlerdienste zu bezahlen, wenn das Geschäft gelaufen war. Gut gelaunt stapfte er zum Kühlschrank und holte eine große Flasche Zambezi-Bier heraus. Zwei Gläser zauberte er aus dem Aktenschrank hervor, stellte eines davon vor Hercule hin und schenkte ein.

Jetzt musste Hercule den Alten nur noch bei Laune halten und dafür sorgen, dass Wilken nicht gestört wurde, während er die Klinikakten fotografierte. Er überlegte noch, mit welchem Thema er die meiste Zeit schinden könnte, als sich das Problem von selbst löste: Das Sprechfunkgerät, das auf Tekenes Schreibtisch lag, gab ein deutliches Signal von sich, und als der sich nicht sofort meldete, gleich noch eines.

Mit einer unwilligen Bewegung nahm Tekene das Gerät auf und drückte die Sprechtaste. »Jetzt nicht!«, kläffte er in die Sprechmuschel, hörte dann aber doch weiter zu. »Ist mir doch egal, Ende!«, raunzte er dann, behielt das Gerät aber trotzdem am Ohr. »Sag ihm, dass er in ernste Schwierigkeiten kommt, wenn er drüber spricht. – Was? Abgehauen? Wieso hast du ihn laufen lassen? Der plant doch was! – Lerch! Natürlich! Jetzt aber los. Fangt den Bengel ein! – Schnapp ihn dir und mach ihn fertig! – Und keine halben Sachen. Los jetzt!«

Hercule versuchte, sich seine Nervosität nicht anmerken zu lassen, denn wenn er sich nicht sehr täuschte, hatte der alte Tekene eben jemandem einen Mordbefehl gegeben. Und zwar sollte jemand umgebracht werden, der mit Doktor Lerch, dem Informanten des Afrika-Teams, in Verbindung stand. »Schwierigkeiten?«, fragte Hercule so harmlos wie möglich.

»Wieso?« Tekenes Kopf ruckte hoch und er sah Hercule misstrauisch an.

»Na, das Gespräch eben.«

»Was für ein Gespräch?« Tekenes Augenlider verengten sich zu Schlitzen. »Ich habe nichts gehört.«

Sofort schlüpfte Hercule wieder in die Rolle des Vermittlers, der Angst um seine Provision hat. »Ja, da habe ich mich vermutlich geirrt«, schwenkte er um.

»Nein! Sie haben sich *bestimmt* geirrt, Monsieur Touré!«, knurrte Tekene. »Wie ist es eigentlich mit Ihrem Gedächtnis?«

»Oh, das ist schlecht«, behauptete Hercule. »Sehr schlecht sogar. Ich kann mich zum Beispiel an überhaupt kein Gespräch erinnern.«

»Ist auch besser so«, stellte Tekene fest.

Zäh flossen die Minuten dahin und Hercule quälte sich von Thema zu Thema, aber der alte Tekene wollte auf nichts anbeißen. Seit dem Funkspruch hatte er eine Laune, mit der man riesige Felsen hätte wegsprengen können, aber wenigstens kam er nicht auf die Idee, mal nachzusehen, was im Besprechungsraum los war.

Endlich öffnete sich die Tür und Elmo Caruthers

der Fünfte kam hereingetapst. »So, dann habe ich mir mal einen ersten Überblick verschafft«, verkündete er. »Sieht ja alles ganz gut aus, aber trotzdem muss ich die Sache natürlich überdenken.«

»Tun Sie das«, grunzte Tekene mit angewidertem Gesichtsausdruck, denn der Rest weißen Pulvers rund um Caruthers linkes Nasenloch war unübersehbar. Er konnte ja nicht ahnen, dass Wilken sich ein wenig Babypuder aus einem mitgebrachten Tütchen unter die Nase getupft hatte, um das Bild, das er Tekene vermittelt hatte, zu unterstreichen. Social Engineering vom Feinsten: Gib ihnen, was sie sehen wollen, und lass sie das Offensichtliche glauben. Ab sofort war er in Tekenes Augen nicht nur naturblöd, sondern auch noch drogenabhängig. In seinen Augen war Elmo Caruthers das geborene Opfer.

»Ich will die Akten mitnehmen, damit ich sie mir im Hotel noch mal ansehen kann«, forderte Caruthers. »Ich melde mich dann morgen.«

»Die Akten bleiben hier«, entschied Tekene. »Sie können aber jederzeit Einsicht nehmen.«

»Da wären Sie auch ganz schön blöd gewesen, wenn Sie die aus der Hand gegeben hätten«, grinste Caruthers ungerührt. »Siehst du?«, wandte er sich an Hercule. »Das ist ein Fuchs. Von dem kannst du noch was lernen.«

»Ihr Lob bedeutet mir sehr viel«, bedankte Tekene sich, wohl wissend, dass jeder Spott an Caruthers abglitt. Gegen diesen plump-platten Erdnussbauern war er selbst ja ein feingeistiger Intellektueller.

»Tja, ich kenne mich eben auf der ganzen Welt aus«, nickte Caruthers ernsthaft und schaute sich demonstrativ in dem kleinen Bergwerksbüro um. »Wenn Sie ein bisschen mehr rumgekommen wären, könnten Sie Menschen auch so schnell einschätzen.«

Eine Ader am Hals von Tekene schwoll beängstigend an und begann, kraftvoll zu pochen.

»Tja, hab leider keine Zeit mehr, mit Ihnen zu plaudern, meine Freundin wartet in Kariba.«

»Die kleine Blonde, für die du den Wagen gemietet hast?«, fragte Hercule, damit Tekene, falls er weiter nachforschte, auch von der Leihwagenfirma die Bestätigung erhielt, dass es Elmo Caruthers und seine Freundin wirklich gab.

»Ihr wird schnell langweilig«, meinte Wilken. »Da muss man sich kümmern.«

»Dann sollten wir sie nicht unnötig warten lassen«, drängte Hercule. Der Mordauftrag, den der Alte vorhin gegeben hatte, ging ihm nicht mehr aus dem Kopf.

Die Flucht

Der alte Pick-up fuhr mit mäßiger Geschwindigkeit durch das kleine Dorf, das sich im Lauf der Jahre vor dem Haupttor der Mine gebildet hatte. Die Menschen am Straßenrand wandten sich ab, um nicht allzu viel von dem Staub abzubekommen, den der Wagen aufwirbelte. Als die Wellblechhütten hinter ihnen zurückblieben, gab Tsuro ein wenig mehr Gas, aber wesentlich schneller ging es trotzdem nicht voran. Dazu war die Straße einfach zu schlecht.

»Was meinst du, kommen sie uns hinterher?«, fragte Tsuro in das gespannte Schweigen hinein, das seit der Abfahrt im Wagen herrschte.

»Vielleicht. Ich weiß nicht.« Changa sah zum wiederholten Mal durch das Heckfenster, aber außer der rötlichen Staubwolke war dort nicht viel zu erkennen. Die Plane, die Tsuro über Cecils Körper gebreitet hatte, war schon völlig mit dem pudrigen Staub bedeckt und der Fahrtwind erzeugte winzige Wirbel auf der glatten Oberfläche.

»Was hast du denn angestellt, dass sie dich unbedingt dabehalten wollen?«, bohrte Tsuro weiter. »Wenn ich dir schon helfe abzuhauen, will ich wenigstens wissen, warum.«

»Die geben uns Gift, da im Krankenhaus.« Changa sah Tsuro ernst an. »Gift, das einen sterben lässt, wenn man sich verletzt. Und ich hab das rausgekriegt.«
»Du redest Blödsinn!«, stellte Tsuro fest. »Oder du lügst. Ich sollte dich aus dem Wagen werfen, bevor ich Schwierigkeiten bekomme.« Er nahm das Gas etwas zurück und der Wagen wurde langsamer.
»Nein, warte!« Changa legte Tsuro die Hand auf den Unterarm. »Du musst mir glauben. Cecil ist daran gestorben und ich auch fast.«
»Und wozu soll das gut sein?« Tsuro schüttelte die Hand ab. »Warum sollte man euch wohl vergiften? Ihr sollt doch arbeiten.«
»Ich weiß es nicht.« Changa ließ den Kopf hängen und starrte in den Fußraum. »Sie nennen es Programm und alle müssen mitmachen. Sie geben uns Medizin, obwohl wir gar nicht krank sind. Und dann nehmen sie unser Blut. Ich weiß nicht, was sie damit wollen.«
»Was denn für Medizin?«, wollte Tsuro wissen und fuhr wieder etwas schneller.

Changa musste ein paar Sekunden überlegen, denn es war ein kompliziertes Wort, das er zuvor noch nie gehört hatte. »Gerinnungshemmer«, fiel es ihm dann wieder ein. »Sie haben uns Gerinnungshemmer gegeben. Das ist das Gift, an dem Cecil gestorben ist. Weißt du, was das sein kann – was die machen, diese Gerinnungshemmer?«

»Mein Onkel nimmt so was.« Tsuro sprach langsam und seine Stimme hörte sich nachdenklich an. »Der ist schon alt und sein Herz ist krank. Er braucht eine Medizin, die das Blut dünn macht, damit es besser durch die Adern fließt. Ich muss ihm immer eine Packung mitbringen, wenn ich in Kariba bin.«

»Dünnes Blut«, flüsterte Changa. »Mein Bein hat auch nicht aufgehört zu bluten und bei Cecil war es eine Blutung im Kopf, hat die Krankenschwester gesagt. Und dann ist er gestorben, weil der Druck im Kopf zu groß war.«

»Und das hast du alles rumgeplaudert«, vermutete Tsuro.

»Schlimmer! Ich habe mir solche Tabletten besorgt und bin dabei aufgefallen.«

»Und jetzt sind sie hinter dir her!«, stellte Tsuro fest. »Ich denke, sie werden uns verfolgen.«

Changas Kopf schnellte herum, aber hinter dem Wagen war nur die immer gleiche Staubwolke zu sehen. »Meinst du wirklich?«, fragte er Tsuro, aber er kannte die Antwort schon selbst: *Natürlich* würden sie ihn verfolgen, weil er ihr Geheimnis aufgedeckt hatte, und sie würden dafür sorgen, dass er es nicht mehr ausplaudern konnte. Cecils Tod war eher ein Unfall gewesen, aber er, Changa, hatte keine Chance zu entkommen, wenn er ihnen in die Hände fiel.

Tsuro nahm das Gaspedal ganz zurück und der Wagen rollte nur noch mit Schrittgeschwindigkeit dahin. Changa begriff, dass er verloren hatte. Tsuro würde ihn aus dem Wagen werfen und seinen Verfolgern überlassen.

Auf der linken Straßenseite war die Böschung flacher, und hier und da konnte man es riskieren, mit dem Wagen in die Savanne hinauszufahren. Eine solche Stelle nutzte Tsuro aus und ließ den Pick-up vorsichtig durch den flachen Graben rollen. Sehr langsam fuhr er in die Savanne hinaus und schon bald war von der Straße nichts mehr zu sehen.

Changa war unendlich erleichtert, dass er sich in Tsuro getäuscht hatte, der den Wagen jetzt voll konzentriert um die Grasinseln mit den erhöhten, festen Wurzelballen herumlenkte. »Kannst froh sein, dass Tsuro bei dir ist«, murmelte er halblaut, ohne den Blick von der Strecke zu nehmen. »Wenn Tsuro einen Job hat, dann macht er ihn gut!« Er kniff für einen Moment die Lippen zusammen. »Wer sich mit Tsuro anlegt, der hat schon verloren!«

Für Changa klang das wie Beschwörungsformeln und so war es bestimmt auch gemeint. Es war wohl so, dass Cecils Cousin sich im Moment in seiner Haut überhaupt nicht wohlfühlte und dass er sich auf diese Art selbst Mut zusprach.

Mittlerweile waren sie so langsam unterwegs, dass der Wagen kaum noch Staub aufwirbelte. Trotzdem knarzte es im Fahrwerk und der Karosserie bei jeder Bodenunebenheit und Tsuro musste sich voll konzentrieren, um den Pick-up nicht zu sehr zu belasten. Schließlich war das hier kein kraftstrotzender Geländewagen, sondern nur ein uralter, klappriger Datsun, der für solch eine Strecke überhaupt nicht konzipiert war.

»Kennst du dich hier aus?« Changa hatte großen Respekt vor der offenen Savanne. Von Wildschweinen über Hyänen und Löwen bis hin zu Elefanten und Nashörnern konnte man hier allen möglichen Tieren begegnen und manche davon waren alles andere als friedlich. Sich hier zu verfahren oder sogar mit einer Panne liegenzubleiben, war ein Gedanke, der Changa doch sehr beunruhigte.

»Hier nicht.« Tsuro wich einem Stein aus, der vor ihnen aus dem Boden ragte. »In der Nähe vom Dorf schon. Ich fahre da oft Abkürzungen.«

»Und wie weit ist es bis dahin?«

»Sechzig Meilen vielleicht. Auf der Straße etwa zwei Stunden. Hier draußen mehr. Viel mehr!«

»Schau mal!« Changa hatte rechts vom Wagen eine weit entfernte Staubwolke entdeckt, die sich schnell in Richtung Osten bewegte.

»Da hat es jemand eilig«, meinte Tsuro und stoppte den Wagen unter einem der wenigen Bäume. »Sie versuchen, uns einzuholen, was meinst du?«

»Sie werden uns nicht entdecken, oder?«

»Sie sind an der Stelle, wo wir abgebogen sind, schon vorbei, aber wir bleiben trotzdem besser erst mal stehen.« Tsuro stellte den Motor ab. »Mann, da hast du mich ja prächtig in was reingezogen.«

»Ich hab Cecil versprochen, dass die nicht einfach so davonkommen«, verteidigte Changa sich. »Ich musste versuchen, ein paar von den Pillen zu klauen. Ich will wissen, was das für Zeug ist, das die uns geben.«

Tsuro antwortete nicht. »Hast du Cecil gut gekannt?«, fragte er nach einer Weile.

»Er war mein Schlepp und wir haben die Unterkunft geteilt. Er war mein Freund.«

»Dein Schlepp?« Tsuro konnte mit dem Begriff nichts anfangen.

»Das sagt man so im Bergwerk. Er hat die Erde weggeschleppt, die ich aus der Stollenwand geschlagen habe. Er war ja sehr stark.«

»Ja, das war er wohl!«, nickte Tsuro.

»Und du? Hast *du* ihn gut gekannt?«, wollte Changa nun wissen. »Er war doch dein Verwandter.«

»Nicht richtig gut. Er hat auf der anderen Seite des Dorfes gewohnt. Ein ernster kleiner Bursche, der mir nie sonderlich aufgefallen ist, aber er war in Ordnung.«

Kleiner Bursche war eine seltsame Beschreibung für den Cecil, den Changa aus dem Bergwerk kannte. Der, ohne mit der Wimper zu zucken, Schleppkasten für Schleppkasten durch den finsteren Stollen gewuchtet hatte. Aber klar: Cecil war ja auch mal ein Kind gewesen und so lebte er immer noch in Tsuros Erinnerung weiter.

»Auf Familienfeiern haben wir uns dann und wann gesehen«, erzählte Tsuro. »Da haben sich immer alle über ihn lustig gemacht, weil er so viel essen konnte. Er hatte eigentlich immer Hunger.«

Obwohl da schon wieder dieser Kloß in seinem Hals war, lachte Changa kurz auf. Ja, das kannte er.

»Warte mal!« Tsuro legte Cecil die Hand auf die Schulter und sah sich um.

»Was ist denn?«

»Ein Flugzeug.« Tsuro suchte den Himmel hinter dem Wagen ab. »Da.« Er zeigte in eine bestimmte Richtung. »Da ist es!«

Jetzt hörte Changa das sich langsam nähernde Motorgeräusch auch. Es war eine kleine, tief fliegende Maschine auf dem Weg nach Osten. Schon konnte man die Umrisse des Flugzeugs genauer erkennen, das in einigem Abstand an ihnen vorbeifliegen würde, wenn es seinen Kurs beibehielt.

Changa und Tsuro duckten sich in ihren Sitzen zusammen und wagten kaum zu atmen. »Ob der wohl dazugehört?«, flüsterte Tsuro, als könne der Pilot ihn sonst hören.

»Bestimmt«, flüsterte Changa zurück. Im Moment fühlte er sich von allem und jedem bedroht und verfolgt.

Die kleine Maschine zog in wenigen hundert Metern Höhe in weitem Abstand vorbei. Der Pilot schien sich an der Straße zu orientieren, die man von dort oben bestimmt gut erkennen konnte.

»Jetzt sag bloß, die haben auch noch ein Flugzeug«, fragte Tsuro in normaler Lautstärke, als die Maschine weiter auf den Horizont zuhielt und das Motorgeräusch verebbte.

»Ich weiß es nicht. Scheint so!« Um so etwas hatte Changa sich nie gekümmert. Er hatte genug damit zu tun gehabt, seine Arbeit zu schaffen, und war dann immer todmüde ins Bett gefallen. »Manchmal ist da ein Flugzeug gewesen, aber ich glaube, das kam aus Harare und hat Sachen abgeholt.«

»Diamanten?«, wollte Tsuro wissen.

»Keine Ahnung. Vielleicht. Was sonst?«

»Auf jeden Fall ist es besser, dass sie uns nicht bemerkt haben«, meinte Tsuro und ließ den Motor wieder an. »Fahren wir weiter.« Er legte den Gang ein und ließ den Wagen anrollen.

»Tut mir leid, dass ich dich da mit reingezogen habe.« Changa sah aus dem Seitenfenster und sprach leise.

»Cecil war mein Cousin«, antwortete Tsuro. »Wenn das stimmt, was du mir erzählt hast, müssen die, die das gemacht haben, bestraft werden.« Tsuro seufzte und sah Changa nicht an. »Ist schon okay«, sagte er.

Changa nahm es Tsuro nicht übel, dass der immer noch gewisse Zweifel durchblicken ließ. Schließlich konnte es ja genauso gut sein, dass die Wachleute aus ganz anderen Gründen hinter ihnen her waren. Wegen Rohdiamanten zum Beispiel. Immer wieder kam es mal vor, dass Arbeiter versuchten, ein paar der wertvollen Steinchen vom Gelände zu schmuggeln. Woher sollte Tsuro wissen, dass es mit Changa nicht genauso war? Dass er Cecils Tod nicht nur als Vorwand benutzt hatte, das Werksgelände unkontrolliert zu verlassen?

Tsuro zirkelte den Wagen so präzise wie möglich an allen größeren Unebenheiten vorbei. Vor dem

Wagen tauchte in einiger Entfernung ein rötlicher Streifen auf, der sich beim Näherkommen als massives Felsband entpuppte, das den Weg nach Osten versperrte. Es war zwar nicht sehr hoch, aber für den kleinen Pick-up war es trotzdem schlicht und einfach unüberwindlich.

Tsuro bog nach rechts ab und folgte dem Verlauf der flachen Felsformation. »Wir werden ein Stück weit auf der Straße fahren müssen«, sagte er. »Hoffentlich geht das gut.«

»Aber die Wachen sind doch schon an uns vorbei.« Changa hatte die Landschaft rechts vom Wagen gut im Auge behalten und keine weitere Staubwolke entdeckt.

»Und wenn sie Verdacht geschöpft haben und zurückkommen?« Tsuro sah Changa kurz an. »Ich werde auf jeden Fall so schnell wie möglich wieder in die Savanne verschwinden.«

Changa zog die Unterlippe zwischen die Zähne und schwieg. Natürlich hatte Tsuro recht. Angespannt schaute er nach vorne, wo man zwischen den Grasinseln hindurch schon etwas von der Straße erahnen konnte. Das Felsband war hier unterbrochen und Changa vermutete, dass man die Lücke damals hineingesprengt hatte, als die Straße gebaut worden war.

Vorsichtig legte Tsuro die letzten Meter zurück und ließ den Wagen auf die leicht wellige Piste rollen. Rechts und links zogen die flachen Felswände vorbei, und sie hatten die Passage fast geschafft, als

Tsuro plötzlich fluchte und den Wagen abrupt anhielt.

Gut verborgen stand das Flugzeug von vorhin neben der Straße und jetzt kamen auch noch zwei Männer hinter dem Felsband hervor.

Nervös hantierte Tsuro am Schalthebel herum, aber als er den Rückwärtsgang endlich gefunden hatte, legte sich Changas Hand auf seinen Unterarm.

»Lass«, stieß Changa hervor. »Da hinten sind auch welche.«

Tsuro drehte sich halb um und tatsächlich standen knapp fünfzig Meter hinter dem Wagen auch zwei Männer. Weiße auch noch. Von denen war nichts Gutes zu erwarten, das wusste jeder hier im Land. Vielleicht waren es schnell angeworbene Söldner im Dienst der Bergwerksgesellschaft.

»Du weißt von nichts!« Changa spürte, wie sein Herz anfing zu rasen. »Ich hab dir nichts erzählt, hörst du?«

Tsuro antwortete nicht. Er hockte bei laufendem Motor und eingelegtem Rückwärtsgang hinter dem Lenkrad und sah hektisch abwechselnd nach vorn und hinten.

»Lass es! Versuch es gar nicht erst!« Changas Stimme hatte einen beschwörenden Tonfall. »Die haben bestimmt Waffen.«

Tsuro ließ die Schultern sinken und stellte den Motor ab. Sie waren erwischt worden und es gab keinen Ausweg für sie. Die Männer setzten sich in Bewegung und sie saßen hier zwischen den Felswänden fest wie die Mäuse in der Falle.

»Danke, dass du es versucht hast«, sagte Changa noch schnell, dann war der erste der Fremden schon am Wagen.

Die Piper

Als der Wagen auf dem Rollfeld neben der Piper stoppte, ließ Wilken schweigend eine Dollarnote über Gehtschons Schulter segeln, was dem ein unterdrücktes Stöhnen der Wut entlockte. Schließlich war er kein Laufbursche, dem man Trinkgeld gab. Irgendwie schien er aber erahnt zu haben, dass sein Fahrgast hier vielleicht bald der Boss sein würde, also schluckte er seinen Ärger runter. Er hatte sich sogar so weit unter Kontrolle, dass er ganz langsam anfuhr, als seine Passagiere ausgestiegen waren, um diese nicht mit Savannenstaub einzupudern.

Wilken zog ein paar Grimassen, um das Schafsgrinsen aus dem Gesicht zu bekommen, und schlenkerte kurz mit Armen und Beinen, um die verkrampfte Idiotenhaltung, die er die ganze Zeit beibehalten hatte, loszuwerden. Sich endlich wieder normal bewegen zu können, war eine enorme Erleichterung.

»Na, alles klar mit Elmo?«, grinste François, der am Rollfeld geblieben war. »Hat er sich richtig schön danebenbenommen?«

»Es war grauenhaft«, nickte Hercule. »Endpeinlich! So einen Trottel sieht man nur selten. Aber er hat bekommen, was wir brauchen.«

»Achtung!«, warnte François, denn in einiger Entfernung bog ein Streifenwagen auf das Rollfeld ab. Langsam rollte er näher und blieb wie zufällig so stehen, dass die Piper nicht anrollen konnte. »Hallo!«, grüßte einer der Polizisten. »Alles in Ordnung?«

»Alles bestens«, grüßte Hercule zurück, ging auf den Wagen zu und unterhielt sich kurz mit den Beamten. Er zog dabei auch die Brieftasche und gab irgendetwas in den Wagen, doch ob es sich dabei um Geld oder seine Papiere handelte, blieb relativ offen. Jedenfalls für den, der sich in diesem Land nicht auskannte. Wahrscheinlich mussten die beiden Beamten sogar das Benzin für den Streifenwagen selbst beschaffen und da war eine kleine Beihilfe immer willkommen.

Hercule war fertig mit seinen Verhandlungen und kam zurück, während hinter ihm der Streifenwagen die Startbahn wieder freigab. »Wie gesagt«, fuhr Hercule fort, »wir haben alles. Feierabend, Schluss für heute!«

»Schlechte Neuigkeiten«, meinte François. »Eher: Ring frei zur nächsten Runde.«

»Was für eine nächste Runde?« Die Darstellung dieses tumben, hinterwäldlerischen Erdnusspflanzers hatte Wilken ziemlich gefordert und er wollte eigentlich nur noch schnellstens nach Kariba, um sich endlich in ein ruhiges, klimatisiertes Hotelzimmer zurückzuziehen.

»Während ihr weg wart, haben Messie und ich mal die regionalen Funkfrequenzen gescannt und gehört, wie ein ziemlich eindeutiger Mordauftrag erteilt wurde, und zwar von Tekene.«

»Wie bitte?« Plötzlich war Wilken wieder hellwach.

»Das halbe Gespräch habe ich im Büro mitgehört«, schaltete Hercule sich ein. »Das hörte sich gar nicht gut an.«

François, der ja die Funksprüche beider Seiten aufgezeichnet hatte, griff hinter sich in die Piper und zog sein Netbook hervor. Ein paar Tastenschläge, und eine fremde Stimme erklang aus den kleinen Lautsprechern: »Hallo Onkel Tekene! Einer von den Arbeitern ist abgehauen.«

»Jetzt nicht!«, bellte der Chef des Bergwerks den Unbekannten an, der ihn sofort mit den Worten: »Nein, warte!«, darum bat, doch zuzuhören. Was dann kam, war an Eindeutigkeit kaum noch zu überbieten: Ein Arbeiter war gestorben und sein Freund hatte nachweisen wollen, dass das mit den Medikamenten zusammenhing, die sie täglich bekamen. Jetzt wurde er verfolgt und Tekene hatte durchblicken lassen, dass er besser für immer verschwunden blieb.

»Ich denke, das geht uns was an«, stellte Wilken fest.

»Allerdings«, stimmte Hercule zu, während Matan nur mit ernstem Gesicht nickte.

»Tja, dann mal hinterher«, meinte François.

»Wo hinterher?« Wilken fehlte jede Idee, was sein Freund vorhaben könnte.

»Während ihr weg wart, sind nur zwei Fahrzeuge die Straße entlanggekommen«, erklärte François. »Zuerst ein steinalter blauer Pick-up, der ziemlich langsam fuhr, und etwa zehn Minuten später noch ein weißer Kastenwagen. Der fuhr ziemlich schnell. Was schließen wir unter den gegebenen Umständen daraus?«

Statt einer Antwort stieg Wilken über die Tragfläche in die Piper und nahm den linken, hinteren Platz ein. Hercule war der Nächste, gefolgt von François, der auf den Pilotensitz durchrutschte. Während er die Maschine startete, nahm Matan den Copilotensitz ein und schloss die Tür. Er hatte vom Afrika-Team die größte Erfahrung mit Kleinflugzeugen und Buschpisten, und wenn sich Wilken auch auf dem Rücksitz verdammt eingesperrt vorkam, war Matan im Moment ganz ohne Zweifel der richtige Mann am richtigen Platz.

An so etwas wie eine Flugsicherung war hier draußen in der Savanne überhaupt nicht zu denken, also brauchte François auch keine Startfreigabe einzuholen. Er gab einfach Vollgas, justierte die Propellerblätter auf Maximalschub und rollte los.

Die kurze Startbahn, die eigentlich leidlich glatt ausgesehen hatte, offenbarte nun ihre Tücken. Es gab doch so einige Bodenwellen, aber die kleine Piper war für solche Einsätze ausgelegt und nahm schnell Geschwindigkeit auf, wenn sie dabei auch in heftige Schwingungen geriet. Wilkens Magen machte jeden Hopser mit, und als François bei knapp 90

Meilen pro Stunde das Steuerhorn zu sich heranzog, war er unendlich erleichtert, dass das Geruckel aufhörte.

François fuhr sofort das Fahrwerk ein und der Flug wurde noch ruhiger. Er zog die Maschine in eine flache Kurve, bis die Sonne links hinter ihnen stand und ließ die Piper dann mit über 150 Meilen pro Stunde in die Savanne hinausschnurren, wobei er dem Verlauf der Überlandpiste folgte.

Hercule hatte sich dem rechten Seitenfenster zugewandt und beobachtete die Straße. Wilken überspielte zwecks Datensicherung die Bilder, die er mit seiner kleinen Kodak-Kamera von den Klinikakten gemacht hatte, auf François' Netbook, aber trotzdem war er es, der eher zufällig eine Unregelmäßigkeit im Gelände entdeckte. Tief in dem Meer aus Grasinseln, Büschen und vereinzelten Bäumen war etwas, das dort nicht hingehörte.

Wilken beugte sich etwas vor und sah genauer hin. Im Schatten eines Baumes war eine kantige Form zu erkennen, die keinen natürlichen Ursprung haben konnte. »Was für eine Farbe hatte der Pick-up?«, fragte er in das Brummen des Motors hinein. »War der nicht blau?«

»Ja, blau«, antwortete François. »Wieso?«

»Dann haben unsere Freunde sich in der Savanne versteckt. Sie parken da unter einem Baum.«

François beugte sich vor und drückte ein paar Knöpfe auf dem GPS-Gerät, um die aktuelle Position abzuspeichern. Sonst unternahm er aber nichts.

»Lassen wir sie erst mal in Ruhe«, meinte er. »Landen können wir da sowieso nicht und im Moment interessiert mich viel mehr, wo die Verfolger sind.«

Noch nie war Wilken mit François so sehr einer Meinung gewesen, denn eine Ach-und-Krach-Landung mitten in der Savanne war nun wirklich das Letzte, was er sich wünschte.

Die Piper überflog ein rötliches Felsband mit einer schmalen Passage für die Straße und schon breitete sich wieder das versteppte Grasland bis zum Horizont aus.

Als weit vor der Piper eine Staubwolke auftauchte, hielt sich François noch etwas mehr abseits der Piste, um nicht vorzeitig aufzufallen, aber es war nur ein alter, überladener Bedford-Truck, der sich im Schneckentempo durch diese Unendlichkeit aus Sonne und Staub quälte. Oben auf der Ladung waren ein paar Menschen zu erkennen, die es sich dort mehr oder weniger gemütlich gemacht hatten. Das war hier die übliche Art zu reisen. Wollte man weiter entfernte Orte besuchen, führte kaum ein Weg daran vorbei, sich für ein paar Cent einen Platz auf einem Fernlaster zu sichern. In der Nähe größerer Städte gab es für den Verkehr zu den umliegenden Dörfern noch die Buschtaxis. Meistens waren das kleinere Pick-ups mit Holzbänken an den Seiten der Ladefläche. So ein Gefährt konnte ohne Weiteres fünfzehn Personen befördern; es war aber viel teurer als ein Platz auf dem Lastwagen und Fernziele wurden damit sowieso nicht angefahren.

Ein paar der Reisenden winkten zu der Maschine hoch und François stellte höflich dreimal kurz die Landescheinwerfer an, dann waren sie an dem Gefährt vorbei.

Jetzt dauerte es nicht mehr lange und die nächste Staubwolke kündigte an, dass sie dem Kastenwagen der Bergwerksgesellschaft dicht auf der Spur waren; und tatsächlich war es ein weißer Kleintransporter, der mit beachtlicher Geschwindigkeit die Piste entlangraste. Der Fahrer schien nicht so sehr am Leben zu hängen.

Hercule machte mit Wilkens Kamera schnell ein paar 15-fach-Zoomaufnahmen von dem Wagen und François drehte ab, bevor sie bemerkt werden konnten.

»Und? Sind sie es?« François war wie immer ungeduldig.

»Warte!« Hercule holte sich das letzte Foto auf das Display und vergrößerte den Ausschnitt, auf dem der Wagen zu sehen war. »Es ist ein weißer Lite-Ace älteren Baujahrs«, berichtete er, »und auf der Beifahrertür ist eine handgemalte Beschriftung, die durchaus *Randall-Stevens-Mine* lauten könnte.«

»Sie sind es«, stellte François fest, flog eine Kurve und richtete die Nase der Piper nach Westen aus. »Dann wollen wir uns jetzt mal um unsere Freunde kümmern.«

»Äh, du willst doch nicht da draußen landen?« Wilkens Hand tastete nach dem Haltegriff am Scheibenrahmen.

»Von hier oben werden wir aber nicht mit ihnen reden können«, sagte François in bedauerndem Tonfall.

Matan drehte sich zu Wilken herum. »Mach dir keine Sorgen«, sagte er. »Wir landen auf der Straße und erwarten sie dort.«

»Sehr beruhigend!« Aber Wilken war alles andere als beruhigt. Seiner Meinung nach machte es nämlich kaum etwas aus, ob sie sich im freien Gelände oder auf der holprigen Landstraße überschlugen.

»Gib doch mal den Helm nach vorne«, forderte François.

Wilken hangelte hinter seinem Sitz im offenen Gepäckabteil herum und zerrte das ungeliebte Stück hervor. Es war erstaunlich leicht für die vielen Funktionen, die es in sich vereinigte, das musste Wilken zugeben.

Matan griff nach hinten, nahm den Helm in Empfang, sagte: »Echt hässlich, das Ding«, und wollte ihn an François weitergeben.

»Versuch du es doch mal«, schlug der aber vor. Matan setzte sich, ohne zu zögern, den Helm auf und klappte das Visier nach unten. »Wow!« Matans Stimme klang etwas gedämpft. »Ich kann ja bis nach Kariba sehen! Jedenfalls habe ich die Ortung von unserer Fokker und dem Learjet. Dreidimensional, ich glaub das ja nicht. Wartet mal: Da sind ja sogar die Handysignale von Fiona, Walter und Ushinde. Sie bewegen sich auf das Bergwerk zu. Nur den Leopardenmann kann ich nicht sehen, aber der hat ja auch kein Handy. Mensch, François, das Ding ist klasse!«

»Natürlich ist es das«, antwortete Brunél in seiner üblich bescheidenen Art. »Und jetzt gib Messie mal den Auftrag, ein Straßenstück zu finden, das für eine Landung geeignet ist. Am besten in der Nähe des Durchbruchs durch das Felsband.«

»Du willst ohne direkte Sicht nur nach den Helmdaten landen?« Hercule schien es bei dem Gedanken auch nicht ganz wohl zu sein.

»Matan wird das machen«, gab François fröhlich bekannt. »Er bekommt von Messie in Echtzeit ein originalgetreues Bild der Umgebung auf das Visier gespiegelt, so wie bei einem Navi, nur viel detaillierter. Messie hat Satellitenbilder, auf denen man jeden Stein, der größer als ein Basketball ist, erkennen kann. Sie kennt jede Bodenwelle da draußen und sie wird die geeigneten Straßenstücke grün einfärben. Auf den gelben Abschnitten kann man noch rollen und von Rot hält man sich bei der Landung besser fern. Genau wie beim Navi. Ganz einfach!«

Wilken kam sich im Moment vor wie eine Laborratte. Urplötzlich steckte er mitten in einem von Brunéls berüchtigten Experimenten. Eine computergestützte Landung per Datenhelm war überhaupt nicht nach seinem Geschmack, aber eine traditionelle Sichtlandung auf der völlig unbekannten Straße natürlich auch nicht. Das Einzige, was Wilken sich im Moment wirklich wünschte, waren dreitausend Fuß Höhe und ein Fallschirm; denn was war eigentlich mit den Steinen, die etwas kleiner als ein Basketball waren? »Ich glaube, ich möchte vorher meinen Vertrag prüfen. So was steht da doch bestimmt nicht drin. Oder?«

»In deinem Vertrag steht, dass du tapfer sein sollst, also sei tapfer!«, gab François ungerührt zurück. »Kommst du zurecht?«, wandte er sich dann an Matan, der Messie gerade die letzten Anweisungen gab.

»Kann losgehen!«, Matan griff nach dem Steuerhorn vor dem Copilotensitz und François hatte Pause.

Vor der Piper tauchte das Felsband auf und Matan leitete den Sinkflug ein. »Das sieht gut aus«, sagte er und fuhr das Fahrwerk aus.

Wilken tastete nach seinem Gurt und zerrte daran herum, um ihn noch ein wenig strammer einzustellen. Aus den Augenwinkeln heraus sah er, dass Hercule es genauso machte.

Mittlerweile waren sie schon sehr tief. »Die letzten vierhundert Meter vor dem Durchbruch sind sauber«, sagte Matan und drückte die Piper nach unten. Wilken umklammerte den Haltegriff und dachte an seinen Grabstein. *Er starb als Laborratte* würde darauf eingemeißelt stehen.

Es wurde eine Landung wie aus dem Bilderbuch. Kaum hatten die Räder Bodenberührung, verstellte Matan die Propellerblätter und nahm Gas weg. Sanft einfedernd fegte die Piper die Straße entlang und reagierte sofort, als Matan mit Gefühl auf die Bremse trat. Innerhalb von Sekunden war die Geschwindigkeit so weit abgesackt, dass er wieder etwas mehr Fahrt aufnahm, um nicht völlig zum Stillstand zu kommen. Langsam ließ er die Maschine noch etwa zweihundert Meter die Straße entlangtuckern und bog dann kurz vor dem Felsband in die Savanne ab. Er wendete und stoppte schließlich nahe bei einem rötlichen Brocken, der die Maschine für alle, die aus westlicher Richtung kamen, verbarg.

»Klasse!«, freute Matan sich. »Das Ding ist einfach grandios! Baust du mir auch so einen, François?«

»Klar doch!« Es war Brunéls Stimme anzuhören, dass er höchste Genugtuung empfand.

»He, was ist das?« Matan schlug ein paarmal mit der flachen Hand gegen den Helm.

»Was ist denn?«, wollte François wissen.

»Alles dunkel«, beschwerte Matan sich. »Ganz plötzlich. Ich bekomme kein Bild mehr.«

»Oh!«, war es von François zu hören. »Ähem, es könnte sein, dass der Akku leer ist.«

»Ja, wie?« Matan zog sich den Helm vom Kopf. »Und da hast du kein Warnsignal eingebaut?«

»Wollte ich noch machen«, sagte Brunél kleinlaut und grinste seinen Kollegen hilflos an. »Ich meine, das ist doch nur der Prototyp.«

»Na, dann mach das mal.« Matan gab den Helm wieder nach hinten. »Und melde dich bitte erst wieder, wenn er dann wirklich fertig ist.«

Jetzt wurde es Wilken noch nachträglich flau. Was, wenn der Akku eine Minute früher versagt hätte? Mitten im Landeanflug zum Beispiel?

Die Nachmittagssonne knallte voll auf die Kabine der Piper, also stiegen sie aus. Hier draußen war es zwar auch nicht kühl, aber man konnte es wenigstens aushalten. Nachdem sie sich ausgiebig gereckt hatten, gingen sie zur Straße und bezogen ihre Posten auf beiden Seiten des Durchbruchs.

Keine Viertelstunde später kam der blaue Pick-up aus der Savanne und fuhr direkt in die Falle. Der Fahrer stoppte, als er die Piper entdeckte, aber es war zu spät. Hercule und Matan traten vor, Wilken und François hinter dem Wagen auf die Straße. Der Fahrer zögerte noch ein paar Sekunden lang, dann stellte er als Zeichen dafür, dass er aufgab, den Motor ab.

Vorsichtig näherten die vier sich dem Pick-up. *Ein Hase in Not macht wilde Sprünge!*, sagt man in Holland. Es war auf jeden Fall besser, kein unnötiges Risiko einzugehen.

Der Deal

Hercule und Matan gingen als Erste auf den Wagen zu. Ganz langsam und ohne hastige Bewegungen. Die Insassen mussten ziemlich ängstlich und verwirrt sein und wer konnte wissen, ob es nicht doch noch zu einer Kurzschlussreaktion kam.

Wilken und Brunél blieben neben der Ladefläche stehen und mischten sich vorerst nicht ein.

»Hallo!«, grüßte Hercule den Fahrer, als er neben der Tür stand. »Keine Sorge, wir wollen nur mit euch reden.«

»Wer – wer sind Sie?«

Es war offensichtlich, dass der Fahrer Angst hatte. Er saß zusammengeduckt hinter dem Lenkrad und hatte seine Hände so fest darum gekrallt, dass die Knöchel hell hervortraten.

»Wir sind Gesundheitsinspektoren und im Auftrag der WHO unterwegs«, sagte Hercule. Das stimmte zwar so auch nicht, aber die ganze Geschichte ging den Fahrer nichts an. »Wir haben gehört, dass es in der Bergwerksklinik zu Verstößen gegen verschiedene Gesetze gekommen sein soll. Deshalb sind wir hier.«

»Was für Verstöße denn?« Changa hatte beschlossen, kein Risiko einzugehen und sich dumm zu stellen. Wenn er so tat, als wisse er nichts, würden die Männer ihn vielleicht sogar laufen lassen.

»Die Ausgabe von starken Medikamenten an völlig gesunde Personen, zum Beispiel. Jetzt tu nicht so, als wenn du noch nie davon gehört hättest«, schaltete Matan sich ein, der neben Changas Tür stand. Er war ein Mann der klaren Worte und das zeigte sich jetzt wieder mal. »Wir wissen, dass du das aufdecken wolltest und deswegen jetzt schwere Probleme hast, also stiehl uns nicht die Zeit. An Altersschwäche ist der Mann unter der Plane ja wohl nicht gestorben, oder?«

»Sie haben ihn umgebracht!« Changa fand plötzlich aus seiner Angst heraus. Er sah Matan offen ins Gesicht und sprach laut und deutlich. »Sie haben uns Gift gegeben. Jeden Tag! Und dann hatten wir einen Unfall, aber er hätte nicht sterben müssen. Das hat die schlechte Medizin gemacht, die sie uns da immer geben.«

»Woher weißt du das?«, fragte Hercule von der anderen Seite des Wagens.

»Der Arzt hat das gesagt und die Schwester auch.«

»Komm, fahr den Wagen mal von der Straße runter«, forderte Hercule Tsuro auf. »Wir müssen beraten, was wir jetzt machen. Allein könnt ihr jedenfalls nicht weiterfahren, das steht fest.«

»Die Wachen jagen uns, ich weiß«, gab Tsuro zurück.

»Allerdings!«, bestätigte Matan seine Worte. »Und

sie meinen es verdammt ernst. Also los, damit wir einen Plan machen können!«

Tsuro startete den Wagen und ließ ihn ganz vorsichtig mit Schrittgeschwindigkeit neben das Flugzeug rollen. So ganz traute er den Männern immer noch nicht, denn er hatte gesehen, dass Matan unter seinem weiten Hemd gleich zwei Revolver im Hosenbund trug. Etwas seltsam für einen Gesundheitsinspektor. Außerdem machte es ihn nervös, dass er die beiden Weißen nicht richtig sehen konnte. Sie waren die ganze Zeit hinter dem Wagen geblieben. Was hatte das zu bedeuten? Weiße spielten doch sonst immer gerne den Boss, aber diese beiden hatten sich überhaupt nicht eingemischt. Das war doch nicht normal.

»Du bist also Changa?«, stellte der Mann mit dem westafrikanischen Akzent nun fest. »Ich bin übrigens Hercule und das ist Matan. Die beiden weißen Kollegen heißen Brunél und Wilken.«

»Ich bin Changa und das ist Tsuro. Woher kennen Sie meinen Namen?«

»Aus einem Funkspruch der Wachmannschaften. Und das ist Cecil?« Hercule deutete auf den Körper unter der Plane.

»Ja!« Changa öffnete die Tür und stieg vorsichtig aus. Die holprige Fahrt durch die Savanne hatte seinem Bein nicht gut getan. »Das ist Cecil. Wir wollen ihn in sein Dorf bringen.«

»Darf ich ihn mir ansehen?«

»Ja«, sagte Changa nach kurzem Zögern. Er sah

zu, wie Hercule die Gewichte von der Plane nahm und Cecils Gesicht freilegte.

»Er ist sehr jung«, stellte Hercule fest. »Dein Alter etwa, stimmt's?«

»Ein halbes Jahr älter.« Changa musste schlucken.

Der größere Weiße kam heran. Er zog eine kleine Kamera aus der Tasche und machte drei Bilder von Cecils verbundenem Kopf.

Hercule bedeckte Cecils Gesicht wieder und legte die Gewichte an ihren Platz zurück. Der Weiße zog sich schweigend zurück, machte noch zwei Fotos von Changa und steckte die Kamera wieder ein.

»Wie ist er gestorben? Warst du dabei? Erzähl uns davon«, forderte Hercule. »Wenn wir etwas unternehmen sollen, müssen wir alles wissen.«

Changa holte tief Luft und kämpfte mit der Enge im Hals, die ihm plötzlich die Luft abschnürte. »Wir waren im Bergwerk«, begann er leise und zögernd. »Da ist die Decke eingestürzt.« Und dann erzählte er den Männern die ganze Geschichte vom Anfang bis zum Ende.

»Okay!« Hercule nickte, als Changa mit seinem Bericht fertig war. »Und jetzt erzähle ich dir, was ich weiß. Dass ihr verfolgt werdet, habt ihr ja schon rausgekriegt, aber vielleicht wisst ihr noch nicht, wie ernst die Sache wirklich ist. Die Männer, die hinter euch her sind, haben den Auftrag, dafür zu sorgen, dass ihr für immer verschwunden bleibt. Es geht um eine Riesenmenge Geld und du willst ihnen das Geschäft kaputt machen. Das werden sie niemals dulden. Ist dir das klar?«

»Das ist mir völlig gleich«, antwortete Changa. »Sie haben Cecil umgebracht und sie werden dafür bezahlen!«

»Genau!«, bestätigte Tsuro, der mittlerweile auch ausgestiegen war. »Cecil war mein Cousin und wir werden sie nicht einfach so davonkommen lassen.«

»Völlig okay, Jungs«, meinte Hercule. »Aber wenn eure Verfolger auch nur ein kleines bisschen gewitzter wären, hätte euer Weg schon hier zu Ende sein können.«

»Ich weiß.« Changa senkte den Blick. Wenn es nicht diese Fremden gewesen wären, die sich bei dem Durchbruch versteckt hatten, sondern die Wachleute, würden sie jetzt schon hilflos oder tot irgendwo in der Savanne liegen. Niemand hätte sie jemals gefunden, denn auf die Geier und Hyänen war Verlass. »Aber was sollen wir denn machen?«, fragte er Hercule. »Wir müssen doch ...«

»Ich biete dir unsere Hilfe an«, unterbrach der Westafrikaner ihn. »Oder vielleicht sollte ich besser sagen, ich biete dir einen Deal an: Wir sorgen dafür, dass du deinen Freund in Ruhe beerdigen kannst. Dafür erzählst du uns alles noch einmal. Wir werden deinen Bericht aufzeichnen und dann haben wir einen weiteren Beweis, dass es in der Klinik nicht mit rechten Dingen zugeht. Wir sind nicht ganz machtlos und wir werden den Verantwortlichen eine Menge Ärger machen, das kannst du mir glauben.«

»Mach das!«, mischte sich Tsuro von der anderen Seite des Wagens aus ein. »Die erwarten uns irgendwo, und wenn wir dann keinen Schutz haben …« Er brachte den Satz nicht zu Ende, aber es war auch so klar, dass er schlicht und einfach Angst um sein Leben bekommen hatte. »Wir schaffen das nicht alleine!«

»Gut!«, sagte Changa zögerlich. »Einverstanden! Aber werden die sich nicht nachher an mir rächen wollen?«

»Das wollen sie doch jetzt schon«, schaltete Matan sich wieder ein. »Wovor hast du Angst? Dass sie dich zweimal umbringen?«

»Ich glaube, ich kann dich beruhigen.« Hercule war in seiner Ausdrucksweise etwas gemäßigter. »Wenn wir hier fertig sind, dann wird es keine Versuchsklinik und kein Bergwerk mehr geben und Wachmannschaften, die dich verfolgen könnten, auch nicht mehr. Dein Dorf wird dich beschützen.«

»Kein Bergwerk mehr? Dann gibt es auch keine Arbeit und kein Geld.«

»Richtig«, bestätigte Matan. »Die Arbeiter werden in ihre Dörfer gehen und leben und nicht in schlecht gesicherten Schächten unter der Erde sterben. Wie lange hast du dort gearbeitet?«

»Etwas mehr als ein halbes Jahr.«

»Und wie viele Bergarbeiter sind in dieser Zeit umgekommen?«

»Zehn oder zwölf«, schätzte Changa.

»Und wie viele sind so schwer verletzt worden, dass sie nie wieder arbeiten können?«

»Genauso viele vielleicht.«

»Und dann willst du, dass dort weitergemacht wird? Tut mir leid, ich verstehe das nicht.«

Changa verstand sich selber ja nicht, aber er wusste auch, dass alle Bergleute gute Gründe dafür hatten, in der Mine zu arbeiten. Ob es nun Schulden waren, ein Haus, das gebaut werden sollte, oder, wie bei ihm, der Brautpreis, den man irgendwie aufbringen musste. Die Mine bot die Möglichkeit, bares Geld zu verdienen, aber was nützte einem das, wenn man einen tödlichen Unfall hatte? Wenn von etwa zweihundert Arbeitern in einem halben Jahr zwanzig gestorben oder schwer verletzt worden waren, konnte man sich ausrechnen, wann man selber dran war. Trotzdem: das Geld ... Changa hatte keine Antwort für Matan. Er stand nur da und ließ die Schultern hängen.

»Also, was machen wir jetzt?« Der kleinere Weiße – Brunél, wenn Changa sich richtig erinnerte – sprach die ersten Worte in die bedrückende Stille hinein. »Ich muss auf jeden Fall zurück nach Kariba, die Maschine auftanken. Wer kommt mit und wer bleibt hier?«

»Ich bleibe hier!«, sagte Matan, ohne zu zögern.

»Ich auch!«, schloss Wilken sich sofort an.

»Das wird deinem Edelzwirn aber nicht gut bekommen«, gab François zu bedenken. »Giorgio wird sich grämen.«

»Giorgio ist mir so was von egal«, gab Wilken zurück, schaute aber doch an sich runter und nahm kurz Abschied von dem guten Stück aus dem Hause Armani.

»Hast du dir 'ne Waffe eingesteckt?«, wollte Matan wissen.

»Bin versorgt.« Wilken ließ kurz die Glock 17, die er unter der linken Achsel trug, hervorblitzen.

»Deswegen tragen die Gangster alle diese Schlabber-Armani-Anzüge«, meinte Hercule. »Da fällt so was gar nicht auf. Ich hab's auch nicht gemerkt.«

»Bei dem Sakko sind auf der linken Seite drei Zentimeter Stoffzugabe drin«, behauptete François mit dem ernstesten Gesicht. »Wenn man *keine* Waffe trägt, *dann* sieht's komisch aus.«

Matan runzelte die Stirn, Hercule unterdrückte ein Grinsen und Wilken schüttelte den Kopf. Würde er es je erleben, dass Brunél einen blöden Witz ausließ?

»Also los!« Hercule wandte sich ab und ging auf die Piper zu. »Meldet euch, wenn es was Besonderes gibt. Wir halten uns in Kariba bereit.« Hercule ließ François zuerst in die Maschine klettern und stieg dann selbst ein. »Passt auf euch auf!«, rief er noch und schloss dann die Tür.

François startete den Motor und ließ die Maschine nach ein paar Sekunden so anrollen, dass die Gruppe um den Pick-up nicht von dem Propellerstrahl erfasst und eingestaubt wurde. Kaum hatte er die Überlandpiste erreicht, gab er Vollgas. Die Piper nahm Fahrt auf und raste immer schneller werdend das Straßenstück entlang, das Matan zur Landung benutzt hatte. Völlig problemlos hob sie ab. François fuhr das Fahrwerk ein und wendete in einer weiten Schleife. Kurz bevor er den Pick-up überflog, grüßte er noch einmal mit den Landescheinwerfern und wenig später war die Piper nur noch ein Punkt am Horizont, der rasch in Richtung Kariba verschwand.

»Okay, fahren wir.« Wilken setzte einen Fuß über die Seitenwand auf die Ladefläche des Pick-ups.

»Ich kann auch nach hinten gehen«, bot Changa an.

»Was ist denn besser für dein Bein«, fragte Wilken, »wenn du vorne sitzt, oder wenn du es ausstrecken kannst?«

»Ausstrecken ist besser, glaube ich. Dann tut es nicht so weh.«

»Geh du ruhig nach vorne, Alex«, sagte Matan. »Ich bleibe dann hier bei Changa – und Cecil«, setzte er nach kurzem Zögern hinzu.

»Wenn ihr meint.« Wilken half Changa hinauf, indem er ihm die Hand reichte.

Changa setzte sich vorsichtig hin und lehnte sich mit dem Rücken an die Fahrerkabine, während Matan sich quer zur Fahrtrichtung setzte und die Seitenwand als Lehne benutzte. Er stützte sich an der gegenüberliegenden Bordwand mit den Füßen ab, wobei er seine Beine über die von Cecil legen musste. Das sah nun alles andere als bequem aus.

Wilken versuchte, die Tür zu öffnen, und als das nicht gelang, wartete er, bis Tsuro eingestiegen war und den Innengriff betätigte. Mit einem etwas schlechten Gewissen stieg er vorne ein. Der Wagen war klein und die Kabine war eng. Zudem war der Beifahrersitz auch nicht gerade eine Luxusausführung und im Laufe der Jahre total plattgesessen worden; aber besser als Matan auf der Ladefläche hatte Wilken es allemal.

Tsuro ließ den Motor an und der Pick-up rollte langsam auf die Straße. Die Beschleunigung war nicht der Rede wert. Schon bei dreißig Stundenmeilen war Tsuro im größten Gang und nahm das Gas so weit wie möglich zurück. Nur so konnte man unter diesen Bedingungen einen Wagen jahrzehntelang am Laufen halten, vom Benzinverbrauch gar nicht zu reden.

»Ich habe doch recht, Mister Wilken«, unterbrach Tsuro nach einer Weile das Schweigen. »Sie erwarten uns da vorne irgendwo, oder?«

»Da bin ich mir sicher.« Wilken nickte. »Nenn mich übrigens ruhig Alex, das ist mein Vorname.«

»Alex«, wiederholte Tsuro. »Ein seltsamer Name!«

»Meine Eltern wollten es so. Sag mal, du bist diese Strecke doch bestimmt schon öfter gefahren.«

»Ja«, bestätigte Tsuro, »sicher doch!«

»Gibt es vor uns irgendwo noch so eine Engstelle, wo man eine Falle aufbauen könnte?«

»Nein«, sagte Tsuro nach kurzem Überlegen. »Da ist überall nur freies Savannenland.«

»Gut!« Das hatte Wilken hören wollen, denn es gab eine Art von Überraschungen, die er überhaupt nicht schätzte: Fallen, denen man nicht ausweichen konnte, zum Beispiel. Wie die Dinge lagen, würden sich die Wachleute aber höchstens auf freier Strecke in Position bringen können. Mittlerweile mussten sie begriffen haben, dass die Verfolgten hinter ihnen waren.

Wilken hatte den Gedanken kaum zu Ende gebracht, als sich weit voraus eine Staubwolke aus der Savanne erhob.

»Ob sie das sind?« Tsuro nahm die Geschwindigkeit etwas zurück und sah Wilken unsicher an. »Sollten wir nicht lieber ...«

»Fahr weiter!«, unterbrach Wilken ihn. »Wir klären das jetzt ein für alle Mal.«

Zwei Minuten später war das fremde Fahrzeug so weit heran, dass man vor dem aufgewirbelten Staub die verzerrten Konturen erahnen konnte. Durch die flimmernde Luft über dem heißen Boden wirkte es viel näher, als es in Wirklichkeit war, aber die Einzelheiten zerflossen immer wieder. Nach und nach zeichneten sich aber die Umrisse des weißen Kastenwagens immer deutlicher ab.

»Sind sie das?« In Tsuros Stimme lag etwas Drängendes und Wilken bemerkte, dass seine Hände das Lenkrad viel zu fest umklammerten.

»Ja«, bestätigte Wilken, »sie sind es. Halt mal an!«

Tsuro trat auf die Bremse und der Wagen kam sofort zum Stehen.

»Was ist los?«, kam Matans Stimme von der Ladefläche.

»Feind in Sicht«, gab Wilken zurück.

Der kleine Pick-up schaukelte ein wenig, als Matan von der Ladefläche sprang. »Ah, da kommen sie ja.« Er trat an das Beifahrerfenster und beugte sich ein wenig zu Wilken hinab. »Ich geb dann mal den Überraschungsgast, okay?«

Wilken nickte und Matan ging ein paar Meter vor dem Wagen ein Stück weit in die Savanne hinein. Das fremde Fahrzeug fuhr schnell. In etwa einer Minute musste es hier sein. Matan ging in dem hüfthohen Savannengras in Deckung.

Doktor Lerch

»Fahrbereit«, hatte der Autoverleiher gesagt und genau das traf auf den Mondeo zu, in dem Fiona, Walter, Ushinde und der Leopardenmann in Richtung Bergwerk fuhren. Der Wagen hatte in der Vergangenheit wohl schon so einiges gelitten. Die Lenkung war so direkt und präzise, wie man es von einem Binnenschiff erwarten würde, irgendetwas an der Vorderachse polterte bei jeder Unebenheit der Straße und das letzte Stück des Auspuffrohrs war gerade dabei, eine lärmende Abschiedsparty zu feiern. Aber der Wagen fuhr und die Klimaanlage funktionierte, also war er nach hiesigem Verständnis fahrbereit.

Schon nach wenigen Kilometern hatte Walter eingesehen, dass es etwas voreilig gewesen war, sich um fünfzehn Uhr mit Doktor Lerch zu verabreden. In zwei Stunden war die Strecke mit diesem Fahrzeug einfach nicht zu schaffen. Es waren zwar nur knapp achtzig Meilen bis zum Bergwerk, aber Walter hatte die ernsthafte Befürchtung, dass der alte Ford sich in seine Bestandteile auflösen könnte, wenn er schneller als dreißig Meilen in der Stunde fuhr. Also rief er Lerch noch mal an und verschob den Termin auf sechzehn Uhr.

Dass es dann noch ein wenig länger dauerte, lag daran, dass hinter einer Kurve ein blau-weiß lackierter alter Renault am Straßenrand stand. Daneben warteten zwei Polizisten, vielmehr ein Polizist und eine Polizistin, die mitten auf der Piste stand und auf den Randstreifen zeigte.

»Kümmere dich nicht um uns, wenn sie die Papiere verlangen«, sagte Ushinde auf der Rückbank. »Wir verschwinden mal kurz.«

»Wie bitte?« Jetzt wurde es Walter doch ein wenig flau. Als Weiße waren Fiona und er zwar vor Übergriffen der Polizei ziemlich sicher, aber wenn die Kollegen auf dem Rücksitz jetzt versuchten, sich im Fußraum oder sonst wo zu verstecken, dann musste das einfach auffallen. Unweigerlich würden sie dann alle durchsucht werden und das würde sehr übel ausgehen. Fiona hatte ihren stupsnasigen .32er Revolver dabei, Walter selbst trug eine .44er Magnum im Schulterhalfter und bei Ushinde hatte er eine Ingram-MP gesehen. Genug für schätzungsweise insgesamt dreißig Jahre Arbeitslager.

Ushinde spürte wohl Walters Unsicherheit. »Ganz locker bleiben und kein Wort zu viel!«

Zeit für eine Antwort blieb nicht mehr, denn sie waren schon an den Kontrollpunkt herangekommen. Die Polizistin gab das Stoppzeichen und trat an den Wagen heran.

Walter ließ die Scheibe herunterschnurren und grüßte freundlich, wobei ihm die ersten Schweißperlen auf die Stirn traten.

Die Polizistin grüßte mit einem Lächeln zurück. »Darf ich mir mal kurz Ihre Papiere ansehen?«

»Moment, Officer.« Walter griff in die Innentasche seines Sakkos und brachte seine Brieftasche zum Vorschein. Fiona hielt ihre Papiere schon bereit und legte noch die Zulassung des Fahrzeugs dazu, die sie im Handschuhfach gefunden hatte.

»Danke.« Die Polizistin unterzog die Papiere einer kurzen Prüfung, während ihr Kollege am Heck des Streifenwagens lehnte und die Szene aufmerksam beobachtete.

»Darf ich fragen, wohin Sie fahren?«

»Zur Klinik der Randall-Stevens-Mine«, antwortete Walter. »Ein Bekannter von mir ist dort Arzt.«

»Sind Sie auch Arzt?«, wollte die Polizistin jetzt wissen.

»Nein, Verwaltungsangestellter«, gab Walter Auskunft.

»Und Sie?« Die Polizistin schaute Fiona an.

»Pilotin im Kurierdienst«, sagte die.

»Das ist bestimmt ein interessanter Beruf.« Die Polizistin seufzte leicht und gab die Papiere zurück. »Darf ich noch kurz in den Kofferraum sehen?«

Walter drückte den Knopf am Armaturenbrett, der die Klappe öffnete, und stieg aus. Im Vorbeigehen sah er Ushinde und den Leopardenmann regungslos auf der Rückbank sitzen. Unbegreiflich, dass die Polizistin nicht ihre Papiere verlangt hatte.

Im Kofferraum waren nur ein völlig abgefahrenes Ersatzrad und eine Kühlbox zu finden und so war die

Überprüfung schnell erledigt. Walter schloss die Klappe und stieg wieder ein. Die beiden Kollegen auf dem Rücksitz schienen sich um keinen Millimeter bewegt zu haben.

Die Polizistin warf ebenfalls noch von außen einen kurzen Blick auf den Rücksitz – und dann kam die unvermeidliche Frage: »Haben Sie noch ein wenig Kleines für uns, Sir?«

Walter griff in die Brieftasche und brachte zwei Fünfdollarnoten zum Vorschein, die die Polizistin mit einem Lächeln entgegennahm. »In Ordnung«, sagte sie dann. »Ich wünsche Ihnen noch einen schönen Aufenthalt.«

»Danke, Officer!« Walter hob grüßend die Hand und stieg wieder ein. Er schloss die Tür und drückte auf den Fensterheber. Die Scheibe hob sich ruckelnd und die Mechanik in der Tür machte quietschende Geräusche. Misstrauisch sah Walter zu, bis der letzte Spalt sich geschlossen hatte, startete den Motor und fuhr wieder an.

Als sie etwa fünfhundert Meter zurückgelegt hatten, drehte sich Fiona zu den Kollegen auf der Rückbank um. »Was war das denn jetzt?«, fragte sie. »Wieso seid ihr nicht kontrolliert worden?«

»Sie hat uns nicht gesehen«, sagte Ushinde.

»Wie, nicht gesehen?« Walter schaute in den Rückspiegel und sah Ushinde fragend an. Den kleinen, drahtigen Ushinde hätte man ja vielleicht noch übersehen können, aber den Leopardenmann mit seinen fast zwei Metern Größe, der zudem noch einen anderthalb Meter langen Ritualspeer bei sich hatte? – Völlig unmöglich!

»Sie hat uns nicht gesehen«, wiederholte Ushinde, »glaub's mir! Frag mich nicht, wie er das macht.«

»Er? Der Leopardenmann?«

»Ja, sicher!«, gab Ushinde leicht genervt zur Antwort. »Er macht das immer so. Ich hab noch nie erlebt, dass er kontrolliert worden wäre. Vermutlich hat er seinen Pass gar nicht dabei.«

»Und wir? Warum konnten wir euch sehen?« Fiona zog ihre Augenbrauen zusammen.

»Seid ihr Feinde?«, fragte Ushinde, als sei damit alles erklärt.

Walter schüttelte leicht den Kopf. Es war ihm schon in der Flughafenhalle aufgefallen, dass niemand den Leopardenmann zu bemerken schien. Er war durch die Kontrollen marschiert, als ginge ihn das alles gar nichts an. Tat es wohl auch nicht, denn kein Mensch hatte ihn auch nur angesehen; aber das hier eben war doch noch etwas ganz anderes gewesen, als sich durch eine Kontrolle zu mogeln. Walter war tief beeindruckt von dem Trick und er hätte zu gern gewusst, wie der Leopardenmann das machte. Da hatte er dann für den Rest der Fahrt ordentlich was zu grübeln, aber zu einem befriedigenden Ergebnis kam er nicht.

Doktor Lerch war pünktlich gewesen und so saß er schon unter dem Strohdach der kleinen Bar, in der sie sich verabredet hatten, als der alte Mondeo mit ziemlich kernigem Motorgeräusch in den Ort rollte. Das letzte Stück Auspuff war endgültig abgefallen und wartete nun im Kofferraum neben der Kühlbox darauf, von einem barmherzigen Mechaniker wieder angeschweißt zu werden. Walter parkte den Wagen neben dem Gebäude und begrüßte den Doktor, der ihnen ein paar Schritte entgegengekommen war. Zuerst stellte er Fiona und Ushinde vor, dann sich selbst. Der Leopardenmann war nicht mehr im Wagen. Er hatte kurz vor der Ortschaft aussteigen wollen und ging nun eigene Wege.

»Kommen Sie in den Schatten«, lud Doktor Lerch die Neuankömmlinge ein, »und lassen Sie uns froh sein, dass es Petroleumkühlschränke gibt. So kann ich Sie wenigstens zu einem kühlen Getränk einladen.«

»Kein Strom?«, vermutete Walter.

»Gar nicht dran zu denken!«, antwortete Lerch. »Der Generator im Dorf ist kaputt und das Ersatzteil aus Harare kommt einfach nicht. Tekene will den Leuten nicht helfen und so sind wir im Krankenhaus die Einzigen, die hier zurzeit Strom haben.«

»Sie haben einen eigenen Generator?«, erkundigte Walter sich.

»Zum Glück, aber wir haben ständig Treibstoffprobleme.«

Der Wirt kam aus der Bar und nahm die Bestellungen der Neuankömmlinge auf, während auf der Straße ein Streifenwagen im Schritttempo vorbeifuhr. Die Beamten sahen interessiert zu dem Mondeo hin, und Walter hätte jede Summe darauf gewettet, dass sie zur Stelle sein würden, wenn die Fahrt weitergehen sollte.

»Die sind harmlos«, sagte Lerch beiläufig. »Für Sie als Weiße jedenfalls. Ich hoffe, Sie haben nichts dagegen, dass ich direkt zur Sache kommen möchte.«

»Keineswegs!« Walter zog ein Aufnahmegerät aus der Sakkotasche. »Dürfen wir das Gespräch mitschneiden?«

»Sicherlich!« Lerch wartete ab, bis Walter das Gerät aktiviert und auf den Tisch gelegt hatte. Dann räusperte er sich und holte tief Luft: »Zunächst möchte ich mal sagen, dass es ohne unsere Sponsoren das Krankenhaus gar nicht geben würde. Wir finanzieren uns zu einhundert Prozent aus den Geldern des Konsortiums.«

»Also sind es mehrere Firmen, die dafür dann die Möglichkeit bekommen, hier ihre Produkte zu testen«, flocht Walter ein.

»So ist es!«

»Man sagt, dass es für die Menschen hier Pflicht ist, an dem sogenannten Gesundheitsprogramm teilzunehmen, weil sie sonst im Notfall ihre Behandlung selbst bezahlen müssten«, sagte Walter.

»Blödsinn! Wir behandeln natürlich jeden, der zu uns kommt«, gab Lerch ärgerlich zurück. »Man muss dafür nicht am Programm teilnehmen, das ist nur ein Märchen. Aber versetzen Sie sich mal in die Situation eines Dorfbewohners hinein: Die meisten Familien hier sind bettelarm und Medizin in jeder Form hat einen unglaublich hohen Stellenwert. Also kommen sie freiwillig, um sich in das Programm einschreiben zu lassen. Natürlich gibt es aber auch ein paar Leute, die der Sache kritisch gegenüberstehen. Für die hat man das Märchen aufgebracht, dass man am Programm teilnehmen muss, um im Krankheitsfall behandelt zu werden. Die meisten Menschen hier glauben wirklich, dass wir sie mit einem Beinbruch oder mit einem Schlangenbiss nicht behandeln würden, wenn sie nicht täglich brav ihre Pillen und Spritzen abholen.«

»Was sind das für Pillen und Spritzen?«, wollte Fiona wissen.

»Mittlerweile alles, was denkbar ist. Vom neuen Asthmaspray über Cortisonsalbe und Betablocker bis hin zum Grippeimpfstoff testen die Kollegen hier alles auf Wirkung und Verträglichkeit. Für die sind die Menschen hier nur Versuchskaninchen. Die haben keinerlei Skrupel. Früher, als wir die ersten Tests in dem kleinen Krankenhaus durchgeführt haben, war es besser.«

»Sie haben also auch selbst solche Testpräparate verabreicht?«, vergewisserte Walter sich.

»Natürlich«, gab Lerch offen zu. »Das ist in Drittweltländern absolut üblich und zuerst machte das auch noch Sinn. Wir bekamen Mittel zur Malariaprophylaxe zum Testen. Malaria ist hier ein Riesenproblem, wissen Sie. Oder Präparate, mit denen man die Folgen einer Bilharziose abmildern konnte. Auch unerprobt, aber hochwirksam. Und dann Wirkstoffe, die das Immunsystem stützen. Damit konnten wir das Leben von Aidspatienten wesentlich verlängern. Das waren alles Mittel, die den Menschen hier wirklich geholfen haben. Illegal zwar, nach europäischem Recht, aber hier haben wir damit Leben gerettet.«

»Ohne Nebenwirkungen?« So einfach war Fiona nicht einzuwickeln.

»Natürlich mit Nebenwirkungen! Was für eine Frage. Nebenwirkungen finden Sie auch bei zugelassenen Medikamenten. Bei einer Blutvergiftung würde ja wohl kaum jemand die Einnahme von Antibiotika ablehnen, auch wenn das meistens Durchfall mit sich bringt. Zuerst lösen wir das Problem. Haben wir dann ein neues Problem, lösen wir das. So wird es in der Medizin seit Jahrtausenden gemacht.«

»Ich kann jetzt nicht sagen, dass mich das beruhigt.«

»Soll es auch gar nicht. Passen Sie nur immer schön auf, dass Sie Medikamente überhaupt nicht erst brauchen, dann sind Sie auf der sicheren Seite. Es zwingt Sie doch niemand, Chininpräparate zu nehmen, wenn Sie in die Tropen fahren. Kopfschmerzen kann man auch ohne Aspirin aushalten und irgendwo in den Anden finden Sie bestimmt auch einen Schamanen, der Sie ohne Narkosemittel operiert, wenn es mal nötig ist.«

Es gefiel Fiona überhaupt nicht, von dem Arzt so abgerüffelt zu werden. »Das ist jetzt aber …«

»Mehr habe ich dazu nicht zu sagen«, unterbrach

Lerch sie ungeduldig. »Wenn Sie Angst vor Nebenwirkungen haben, dann lassen Sie die Medikamente einfach weg. Bedenken Sie aber, dass Krankheiten auch Nebenwirkungen haben. Man kann bleibende Schäden davontragen und es sollen sogar schon Menschen daran gestorben sein.«

»Sie sind ein streitbarer Mann, nicht wahr?«, griff Walter schnell ein, denn Fiona hatte tief Luft geholt, und an ihrem Gesichtsausdruck konnte er erkennen, dass sie gerade zu einer scharfen Entgegnung ansetzte.

»Ich bin die Güte in Person«, meinte Doktor Lerch. »Man soll mich nur in Ruhe meine Arbeit machen lassen.«

»Sie haben damals also Leben gerettet mit den Testpräparaten.«

»Allerdings«, bestätigte der Arzt. »Wir hätten hier noch viel mehr davon brauchen können, aber sobald wir die gewünschten Ergebnisse hatten, kamen natürlich keine Lieferungen mehr.«

»Typisch!«, zischte Fiona.

»Ja, typisch!«, stimmte Doktor Lerch ihr zu. »Dafür kamen dann neue Präparate, für die wir erst die passenden Patienten finden mussten. Das Ganze wurde immer verrückter. Eines Tages kam ein Riesenkarton mit Präparaten gegen Arteriosklerose an. Wo, um Himmels willen, soll man hier jemand finden, der sich seit Jahren zu fett ernährt?«

»Sie haben sich geweigert, die Tests zu machen?«

»Nein, aber ich habe die Versuchsreihe nur unter

Protest durchgeführt, was ein entscheidender Fehler war. Drei Monate später wurde der Zaun des Bergwerks um hundert Meter versetzt, um Platz für die Laborcontainer zu schaffen. Ein brandneues Wohnhaus für die Kollegen wurde gebaut. Mir hingegen wurde eröffnet, dass mein Krankenhaus geschlossen werden sollte. Nur meine Drohung, die ganzen Rechtsverstöße publik zu machen, hat das verhindert. Tja, und nun hocke ich hier mit einer veralteten Ausstattung und ständigen Finanzproblemen und versuche, eine medizinische Grundversorgung sicherzustellen. Die Kollegen in den Laborcontainern werden mit lukrativen Jobs in Europa bestochen, wenn sie hier ein halbes Jahr lang durchhalten. Die testen alles, was angeliefert wird, vom Impfstoff bis hin zu Appetitzüglern. Appetitzügler, hier, man stelle sich vor! Für mich ist das der Gipfel des Zynismus.«

Das Gespräch zog sich noch eine ganze Weile hin und am Ende hatte das kleine Aufnahmegerät auf dem Tisch so einige Fakten gespeichert, die die Öffentlichkeit sehr interessieren würden. Nur der Arzt selbst blieb doch ziemlich undurchschaubar. Doktor Lerch schien es ernst damit zu meinen, die Machenschaften des Pharmakonzerns aufzudecken, wobei allerdings nicht ganz klar war, ob er das Verhalten seiner Firma wirklich verurteilte. Vielleicht fühlte er sich auch bloß zurückgesetzt und hätte selbst gerne die Leitung des Projekts übernommen. Schließlich war er schon über sechzig, und wenn er bei der Beförderung zum Chef der neuen Versuchsstation übergangen worden war, konnte er sich leicht ausrechnen, dass er wohl bis zur Rente auf seinem untergeordneten Posten bleiben würde.

»Erlauben Sie eine sehr persönliche Frage?« Da gab es noch etwas, das Walter interessierte.

»Nur zu!«, munterte Lerch ihn auf. »Ich habe mich hier gerade um Job, Einkommen und Reputation gebracht. Sie können mich fragen, was immer Sie wollen. Noch mehr kann ich mir kaum schaden.«

»Wieso macht ein Mann wie Sie so lange bei so etwas mit?«

»Manchmal ist das Leben einfacher, als man denkt, und manchmal ist es viel komplizierter«, seufzte Lerch. »Ich habe mich halt für die komplizierte Variante entschieden.«

»Ich auch«, sagte Walter. »Wir arbeiten größtenteils verdeckt und auch mal abseits der Legalität; aber ich versuche trotzdem, ein gewisses Maß nicht zu überschreiten.«

»Dann hoffe ich mal, dass Ihnen das auf Dauer auch gelingt. Man rutscht schnell in Sachen rein, aus denen man nur schwer wieder rauskommt. Das ist wie bei der Mafia: Um reinzukommen, müssen Sie ein Verbrechen begehen, und damit hat man Sie für alle Zeiten in der Hand.«

»Und jetzt? Warum haben Sie sich jetzt doch entschlossen zu reden?«

»Bauchspeicheldrüsenkrebs«, sagte Lerch völlig gelassen, »untherapierbar. Zeit hat nicht mehr dieselbe Bedeutung für mich wie für Sie. Das Vierteljahr, das mir vielleicht noch bleibt, möchte ich nutzen, um ein paar Dinge in Ordnung bringen.«

»Oh, verdammt!« Fiona wurde blass. »Das tut mir leid.« Sie brachte es nicht fertig, Lerch ins Gesicht zu sehen, sondern schaute auf den Tisch und spielte mit ihrem Glas herum.

»Entschuldigung«, sagte Walter hastig. »Ich wollte nicht ...«

»Machen Sie sich nichts draus«, wehrte Lerch ab. »Ist einzig und allein mein Problem. – Wenn Sie erlauben, würde ich Ihnen jetzt gerne erzählen, was ich vorbereitet habe.«

»Bitte!« Walter hatte sich wieder gefangen, musste aber schlucken und war recht einsilbig.

»Zunächst einmal habe ich, seit die Kollegen im Versuchslabor tätig sind, einiges an Material gesammelt, das ich Ihnen zur Verfügung stellen möchte. Wie Sie wissen, behandeln wir alle Notfälle aus der Umgebung, und es sind immer wieder Bergleute dabei. Verletzungen sind fast an der Tagesordnung, schwere Verletzungen nicht selten und Todesfälle kommen jeden Monat vor. Autopsien zu machen, ist hier nicht üblich, aber ich habe, seit ich mit der WHO gesprochen habe, von jedem Unfallopfer je eine Blut- und eine Gewebeprobe eingelagert. Bringen Sie die Präparate in ein neutrales Institut und ich garantiere Ihnen, dass die Laboranten ihren Augen nicht trauen werden. Das Zeug ist der reine Sondermüll. Jetzt ist mir zum Beispiel gerade ein Patient gestorben, den sie mit Gerinnungshemmern vollgestopft hatten, und sein Kollege wäre fast auch noch verblutet. Beide gerade mal fünfzehn, sechzehn Jahre alt und das sind keine Einzelfälle. Es kann doch nicht sein, dass wir hier völlig gesunde Kinder und Jugendliche zu Testzwecken missbrauchen. Ich selbst habe so etwas nie zugelassen und sehen Sie, da will ich einfach nicht mehr tatenlos zusehen.«

Doktor Lerch ging dann noch sehr in die Einzelheiten. Fiona und Walter störten ihn nicht in seinem Monolog, während sich der Datenspeicher des Aufnahmegeräts auf dem Tisch langsam füllte.

Zum Schluss gab Lerch Walter und Fiona ausdrücklich die Zusage, dass sie nicht nur die Blut- und Gewebeproben mitnehmen könnten, sondern auch seine alten Patientenakten einsehen und scannen dürften.

Walter bedankte sich und schaltete den Rekorder aus. »Das wird ausreichen«, meinte er.

»Dann schnappen Sie sich die Bande und zeigen Sie ihr, dass ihr die Welt nicht allein gehört. Jedenfalls *noch* nicht.« Doktor Lerch stand auf.

»Ich denke, das können wir Ihnen versprechen«, sagte Walter.

Doktor Lerch gab der Bedienung ein Zeichen und bezahlte die Getränke. »Das Beste wird sein, wenn Sie gleich mitkommen, um die Akten einzuscannen«, sagte er dann. »Ich muss sowieso wieder zurück an die Arbeit und werde Ihnen die Sachen in meine Privaträume bringen. Kommen Sie.«

Fiona und Walter tranken aus und folgten Lerch.

Ushinde, der sich die ganze Zeit zurückgehalten hatte, blieb in der Bar und beobachtete weiter das Treiben auf der Hauptstraße. Er würde seine Kollegen sofort warnen, wenn etwas Ungewöhnliches geschah.

Wenig später waren Fiona und Walter an Lerchs Privat-PC an der Arbeit. Blatt für Blatt scannten sie die Patientenakten ein. Soweit sie es in der Eile beurteilen konnten, war das Material das reine Dynamit.

Jäger in der Falle

Wilken wartete ab, bis Matan völlig hinter der Grasinsel verschwunden war, setzte sich dann gut sichtbar vorne auf die Motorhaube des kleinen Pick-ups und sah dem Kastenwagen entgegen.

Auf alles waren die Wachleute vorbereitet: auf einen Fluchtversuch mit dem Wagen oder zu Fuß, sogar auf einen mit dem Mut der Verzweiflung geführten Angriff, aber nicht auf diese demonstrative Gleichgültigkeit. Der Fahrer ließ den Kastenwagen ausrollen und stoppte etwa zehn Meter entfernt mitten auf der Straße.

Wilkens Anwesenheit verunsicherte die Wachleute wohl stark. Statt auszusteigen, blieben sie erst mal im Wagen sitzen und redeten miteinander. Wilken konnte durch die staubige Windschutzscheibe sehen, dass sie so etwas wie einen Kriegsrat abhielten. Wären Tsuro und Changa allein im Pick-up gewesen, hätten sie ganz ohne Frage kurzen Prozess gemacht, aber die Anwesenheit eines Weißen änderte alles. Weiße waren in diesem Teil der Welt unter Umständen immer noch wichtig und mächtig und hatten einflussreiche Freunde, also legte man sich besser nicht mit ihnen an.

Trotzdem musste es jetzt irgendwie weitergehen und schließlich stiegen die Wachleute aus. Der Fahrer trug einen uralten Armeekarabiner, dessen Lauf er auf den Boden gerichtet hielt. Es war ein Repetiermodell, bei dem jede Patrone einzeln von Hand nachgeladen werden musste. Wenigstens keine automatische Waffe. Gelobt sei der Geiz des alten Tekene.

»Hallo!«, grüßte der Mann mit dem Gewehr. »Will der Wagen nicht mehr?«

»Der Fahrer will nicht mehr.« Wilken hob kurz die Hand. »Er sagt, dass er Angst vor Ihnen hat.«

»Er ist ein Dieb«, behauptete der Mann mit dem Gewehr. »Er und sein Komplize haben Rohdiamanten gestohlen und wir sollen sie zur Mine zurückbringen. Wo ist der andere überhaupt? Der mit dem verbundenen Bein.«

»Auf der Ladefläche.« Wilken deutete mit dem Daumen über die Schulter.

»Und wer sind Sie?«

»Oh, ich bin der, der die gestohlenen Diamanten kaufen will«, sagte Wilken in alle Seelenruhe. »Sie stören unser Geschäft.«

Man konnte förmlich sehen, wie es hinter der Stirn des Gewehrträgers zu arbeiten begann, und auch seine Begleiter warfen sich unsichere Blicke zu. Konnte es möglich sein, dass hier wirklich Rohdiamanten im Spiel waren?

»War nur ein Spaß«, grinste Wilken. Jetzt brauchte er nicht mehr auf Zeit zu spielen. Matan hatte mittlerweile seine Deckung geräuschlos verlassen und stand ein paar Meter hinter den Wachleuten. »In Wirklichkeit glaube ich Ihnen kein Wort. Ich weiß sogar, dass die beiden Jungen nie beim Bergwerk ankommen würden, wenn Sie sie erst mal in der Gewalt haben. Also werde ich das verhindern.«

Nun war der Mann mit dem Gewehr völlig verunsichert. »Wer sind Sie denn nun wirklich?«, fragte er und sah kurz zu seinen Kollegen hinüber, als würden die vielleicht die Antwort wissen.

»Ist unwichtig. Also, es wäre sehr zweckmäßig, wenn Sie jetzt sofort Ihre Waffe beiseitestellen würden!«, schlug Wilken vor.

»Wie bitte?«, lachte der Wortführer. »Warum sollte ich?«

»Vielleicht, weil zwei Revolver auf Ihren Rücken gerichtet sind«, gab Wilken freundlich Auskunft. »Ist das Grund genug für Sie?«

Zwei Köpfe ruckten herum, aber der Wortführer mit dem Gewehr behielt Wilken weiter im Auge. »Sie bluffen«, sagte er und hob den Karabiner ein wenig an.

»Tut er nicht«, kam es da von Matan. »Keine Bewegung und Waffe weg!«

Langsam und vorsichtig drehte nun auch der Mann mit dem Gewehr seinen Kopf, und was er da sah, konnte ihm nicht gefallen: Etwa acht Meter hinter ihm stand Matan in lässiger Haltung und hielt gleich zwei langläufige, schwarze Revolver genau auf ihn gerichtet.

Der Gewehrlauf sackte herab und der Wortführer der Wachleute wandte sich wieder Wilken zu, der inzwischen ebenfalls seine Waffe aus dem Schulterhalfter gezogen hatte. Das war zu viel für den Mann. Sein Unterkiefer sackte herab und er ließ das Gewehr los, als sei es plötzlich glühend heiß geworden. Scheppernd fiel es zu Boden und zu allem Überfluss löste sich auch noch ein Schuss. Das Projektil säbelte ein paar Halme Savannengras ab, während die Waffe selbst, vom Rückstoß getrieben, über den Boden schlitterte.

»Hände an den Wagen und zwei Schritte zurück!«, forderte Matan jetzt und seine Stimme ließ keinen Millimeter Verhandlungsspielraum.

Widerwillig folgten die Männer dem Befehl. Eine kurze Durchsuchung durch Wilken ergab, dass sie keine anderen Waffen bei sich hatten. Auch im Laderaum des Kastenwagens war nichts weiter zu finden, nur in der Fahrerkabine lag auf dem mittleren Sitz das klobige Funkgerät. Das konnte gefährlich werden, also steckte Wilken es ein.

»Schön so stehen bleiben, bis wir weg sind!«, sprach Wilken die Männer an, während er den Zündschlüssel aus dem Schloss des Kastenwagens zog. »Drei Meilen von hier werfe ich die Sachen ins Gras. Riskieren Sie es besser nicht, uns weiter zu verfolgen.«

Matan hatte seine Showpose aufgegeben und hielt jetzt nur noch einen Revolver in der Hand. Er beendete gerade ein Funkgespräch und steckte sein Handy wieder ein. Reine Handys funktionierten hier draußen natürlich nicht; die ganze Savanne war ein einziges Funkloch. Was aber funktionierte, war Sprechfunk, und die Diensthandys der Teams waren so ausgelegt, dass sie jederzeit untereinander Kontakt aufnehmen konnten. Walter und Hercule waren jetzt wohl über die neueste Entwicklung unterrichtet.

»Ich denke, wir können weiter«, meinte Matan und näherte sich dem Pick-up, ohne die Wachleute, die immer noch in ihrer unbequemen Stellung verharrten, aus den Augen zu lassen.

Wilken hob den Karabiner auf, legte ihn auf die Ladefläche und stieg ein.

»Und los!«, kam es von hinten, als auch Matan seinen Platz wieder eingenommen hatte.

Verfolgt von den wütenden Blicken der Wachleute, die sich fast den Hals verrenkten, rollten sie an dem Kastenwagen vorbei. Die Männer blieben noch stehen, bis der Pick-up gut hundert Meter weit entfernt war, und richteten sich dann auf.

Genau drei Meilen später hielt Tsuro den Wagen an. »Sie wollten den Schlüssel ins Gras schmeißen«, erinnerte er Wilken.

»Ich glaube, dein Tacho stimmt nicht«, meinte der. »Fahr ruhig noch ein bisschen.«

»Tatsächlich«, grinste Tsuro. »Der Tacho zeigt immer viel zu viel an. Wie haben Sie das gemerkt?«

»So was hab ich im Gefühl«, meinte Wilken. »Ist situationsabhängig. Fahr nur!«

Tsuro lachte und ließ den Wagen noch gut eine Meile weit die Piste entlangtuckern, bis Wilken ihm ein Haltezeichen gab. Etwas machte Tsuro aber doch Sorgen: »Wollen Sie denen wirklich das Gewehr überlassen?«

»Mehr oder weniger.« Wilken stieg aus, nahm das Gewehr von der Ladefläche und entlud es. Ein Stück abseits des Wagens warf er es zu Boden und zog seine Pistole. Sehr genau zielte er auf den Systemkasten und zog den Abzug durch. Mit der Wucht eines zugespitzten Vorschlaghammers bohrte sich das Projektil in die empfindliche Mechanik und zerstörte sie völlig.

Wilken nahm die Waffe wieder auf und besah sich sein Werk. Zufrieden schleuderte er den unbrauchbaren Karabiner dann mit aller Kraft in die Savanne hinaus. Das Schlüsseletui und die Munition warf er hinterher, während er das Funkgerät mit dem Absatz zertrat, bevor er es fortschleuderte. Je länger der alte Tekene im Unklaren darüber blieb, was geschehen war, desto besser.

»So, das war's! Jetzt können wir in Ruhe weiterfahren«, sagte Wilken zu Tsuro, als er sich wieder auf den Beifahrersitz zwängte. »Wenn die Burschen den Schlüssel heute noch finden wollen, müssen sie sich gewaltig beeilen. Wir sind sie jedenfalls erst mal los. – Was gibt's zu grinsen?«

»Sie haben gerade ein Gewehr erschossen!«

»Stimmt!« Jetzt musste Wilken auch grinsen. »Musste sein. Es war böse!«

»Fahren wir heim.« Tsuro ließ den Wagen wieder anrollen und trotz der bedrückenden Fracht, die sie an Bord hatten, verlief der Rest der Fahrt in entspannter Stimmung. Es fährt sich eben besser, wenn keine Bewaffneten mit Mordauftrag hinter einem her sind.

Etliche Meilen später bog Tsuro von der Hauptpiste ab. Immer schmalere Wege verzweigten sich in der Savanne, bis die letzten Überreste ein paar aufgegebener Häuser die Nähe des Dorfes ankündigten. Nach dem Machtwechsel und der Landreform hatte das Land ein paar Jahre lang am Rand eines Bürgerkriegs gestanden. Polizei und Armee waren zu schwach gewesen, die Ordnung aufrechtzuerhalten. Sie hatten sich zu weiten Teilen sogar mit den bewaffneten Banden zusammengetan, die plötzlich überall entstanden waren. Das Land war nicht mehr sicher gewesen und davor waren die Farmer mit ihren Familien in den Schutz der Dorfgemeinschaft geflohen. Alles, was sich noch als Baumaterial verwenden ließ, hatten sie mitgenommen, um sich am Rand der Siedlung eine neue Bleibe zu errichten. So zeugten nur noch ein paar verwitterte Lehmmauern hier und da davon, dass hier einmal Menschen gelebt hatten.

Die Sonne stand schon ziemlich dicht über dem Horizont, als der Pick-up die ersten Häuser des Ortes erreichte. Einige grüne Felder und Obstbäume in der Nähe bewiesen, dass es den Menschen hier gelungen war, der Savanne ein Stück fruchtbaren Landes abzuringen. Ansonsten bestand der Ort nur aus der Hauptstraße, die rechts und links eine lockere Bebauung aufwies. Wilken schätzte, dass maximal eintausend Menschen hier lebten. Einige Kinder erkannten den Pick-up, begrüßten Tsuro mit Gejohle und rannten neben dem Wagen her.

»Lass uns mal bei irgendeiner Bar raus«, forderte Wilken Tsuro auf. »Ich denke, was ihr da gleich vorhabt, ist Privatsache, da sollten wir nicht stören.«

»Aber Sie haben uns das Leben gerettet«, protestierte Tsuro. »Sie gehören doch dazu.«

»Lass uns einfach raus!« Wilken war von den Ereignissen des Tages mehr als gestresst und der tote Junge tat ihm leid. Er wollte jetzt nicht auch noch die Trauer der Familie miterleben.

»Palace oder Zambezi?«, fragte Tsuro.

»Eure Bars hier?«

»Ja!«

»Welche ist besser?«

»Zambezi«, antwortete Tsuro, ohne zu zögern. »Da sitzt man auf Stühlen und trinkt aus Gläsern.«

»Dann dorthin«, entschied Wilken. »Gibt es hier auch ein Hotel?«

»Auch beim Zambezi, aber vergessen Sie's«, meinte Tsuro. »Ich würde lieber unter freiem Himmel schlafen als dort. Da gibt es solche Flöhe.« Er zeigte mit Daumen und Zeigefinger etwa die Größe eines Goldhamsters an. »Aber keine Sorge. Tsuro kümmert sich drum. Sie werden die Nacht angenehm verbringen. Meine Tante vermietet privat.«

»Aber bitte nicht zu privat«, bat Wilken. »Wir brauchen echt unsere Ruhe.« Es mochte zwar ein wenig unhöflich wirken, aber Wilken hatte keine Lust, bis spät in die Nacht hinein von der ganzen Großfamilie und allen Verwandten der Tante als Exot bestaunt zu werden. Ähnliches hatte er mal in Guinea erleben müssen, wo er auch privat untergekommen war. Vom späten Nachmittag bis tief in die Nacht hinein waren immer neue Dorfbewohner aufgetaucht und hatten die immer gleichen Fragen gestellt. Wilken hatte sich ja sehr geehrt gefühlt, so viel Aufmerksamkeit zu bekommen, nur an Schlaf war leider nicht zu denken gewesen.

»Keine Sorge«, versuchte Tsuro ihn zu beruhigen. »Meine Tante vermietet öfter. Sie hat's im Griff. Ich bringe ihr manchmal Reisende, wenn ich von einer Überlandfahrt komme. Da gibt es ein gutes, sauberes Zimmer mit zwei prima Betten. Ich frage mal, ob das frei ist, okay?«

»Okay!« Wilken gönnte Tsuro die Provision, und dass gerade das Dorfhotel völlig verlaust und verwanzt war, bedurfte in diesem Teil der Welt eigentlich keiner Erwähnung. Dafür sorgten schon die Reisenden aus allen Teilen des Landes. Das gehörte einfach dazu, so wie Hitze und Staub auf der Landstraße.

Um Changa brauchte Wilken sich nicht zu kümmern. Der würde sicher seine ganze Geschichte erzählen müssen und bei Cecils Familie herzliche Aufnahme finden.

»Die Zambezi-Bar!« Tsuro hielt an und ließ Wilken und Matan aussteigen. »Ich komme dann nachher hierhin und hole Sie ab.«

»Wie ist es bei deiner Tante, kann sie vielleicht auch was für uns kochen?«

»Klar doch! Ich sag ihr gleich Bescheid, dann bereitet sie schon was vor. Chicken mit Reis vielleicht?«

»Prima!« Wilken nickte. »Hier, für die Einkäufe.« Wilken zog einen Zehndollarschein aus der Brieftasche und hielt ihn Tsuro hin.

»Geht aufs Haus«, grinste der und fuhr an.

Geht aufs Haus! Wilken sah dem Pick-up belustigt hinterher. Wo hatte Tsuro diesen Spruch wohl aufgeschnappt und wie lange hatte er warten müssen, bis er jemanden traf, der ihn auch verstand?

Der Kindertross zögerte keinen Moment. Die Neuankömmlinge waren zwar interessant, aber sie folgten doch lieber dem Wagen. Sicherlich hatten sie schon lange gehört, dass Cecil auch an Bord war, und da durfte man natürlich nichts versäumen.

Matan hatte sich schon einen Stuhl an den Tisch gezogen, der unter dem Strohdach draußen vor der Bar stand. Wilken setzte sich zu ihm und bestellte sich eine Cola. Er fühlte sich zwar ziemlich ausgetrocknet und ein Liter Eiswasser wäre ihm viel lieber gewesen, aber das verbot sich von selbst. Mit hoher Wahrscheinlichkeit hätte sein verzärtelter, europäischer Magen ziemlich übel darauf reagiert. Matan blieb auch auf der sicheren Seite und bestellte sich eine Flasche Castle-Bier.

Die Colaflasche war eiskalt, aber winzig. Der Inhalt füllte kaum das Glas, und außerdem war süße Limo wirklich nicht der geeignete Durstlöscher.

Matan sah, wie Wilken das Gesicht verzog, und schob ihm schweigend die Literflasche zu. Bier war zwar nicht so Wilkens Sache, aber unter diesen Bedingungen war die herbe, kalte Flüssigkeit das Ideale, um den süß-klebrigen Film hinunterzuspülen, den die Cola in seinem Mund hinterlassen hatte. Wilken schenkte sich gleich noch mal ein und bestellte sich bei der Bedienung einen Tee, der auch bald darauf in einer riesigen Blechkanne kam. Völlig unmöglich, die auszutrinken, solange der Tee noch heiß war. So verging die nächste Dreiviertelstunde bei lauwarmem Tee, warm gewordenem *Castle Brew* und recht einsilbigem Gespräch, denn auch Matan war ziemlich erschöpft.

Wilken versuchte, Kontakt mit Walter aufzunehmen, aber ohne Erfolg. Die Entfernung war einfach zu groß. Zu allem Überfluss meldete sich auch noch die Akkustandsanzeige. In wenigen Minuten würde das Gerät keine Energie mehr haben.

»Wie sieht es mit deinem Akku aus?«, wollte Wilken von Matan wissen.

»Platt«, antwortete der. »Schon seit einer Stunde.«

Na toll! Und die Ladegeräte lagen in Kariba, aber wer hätte auch ahnen können, dass es so viel energieintensiven Sprechfunkverkehr geben würde? Es sah ganz so aus, als seien Wilken und Matan für die nächsten Stunden völlig auf sich allein gestellt.

Als Wilkens Sprechfunkgerät endgültig aufgab, senkte sich schon die Dämmerung über den kleinen Ort. Mit der für die Tropen typischen Plötzlichkeit wurde es dunkel. Irgendwo sprang der Motor eines Dieselgenerators an und da und dort flammte in den Häusern eine Glühbirne auf. Wilken behielt die Hauptstraße im Auge. Er glaubte zwar nicht, dass die Wachleute den Schlüssel so schnell gefunden hatten, und er bezweifelte auch, dass sie sich ohne Waffen hierher trauen würden, aber man konnte ja nie wissen. Noch blieb der Horizont aber dunkel. Kein Fahrzeug näherte sich dem Ort.

Jedenfalls keines mit eingeschalteten Scheinwerfern.

Der Leopardenmann

Walter saß mit Fiona und Ushinde im Bergwerksdorf in der kleinen Bar, in der sie sich mit Doktor Lerch getroffen hatten. Vor der langen nächtlichen Rückfahrt in dem maroden Leihwagen wollten sie wenigstens etwas essen und trinken. Außer Fladenbrot, Ölsardinen, Cola und Bier war hier allerdings nichts zu haben, also musste das reichen. Es bestätigte sich wieder mal, dass man nicht wählerisch sein darf, wenn man Geheimagent sein will.

Bislang war der Leopardenmann noch nicht wieder aufgetaucht. Ushinde schien das aber ganz normal zu finden, also brauchte man sich wohl auch keine Sorgen um ihn zu machen. Ziemliche Gedanken machte Walter sich aber, weil Wilken und Matan ohne jede Absicherung unterwegs waren. Trotzdem sah er natürlich ein, dass es wichtig gewesen war, die Jungen zu begleiten. Matan hatte aus der Savanne kurz Bericht erstattet, und wie es aussah, hatten Wilken und er den beiden Jungen das Leben gerettet.

Ansonsten lief es im Moment sehr gut. Walter hatte mit Fiona zusammen die Patientenakten gescannt und jeden Scan als komprimierte Datei schon mal direkt an die Zentrale geschickt. Sämtliche Daten und die Präparate, die Doktor Lerch gesammelt hatte, waren im Besitz des Teams. Jetzt ging es nur noch darum, die Kühlbox mit den Blut- und Gewebeproben möglichst schnell in ein Labor zu bringen, denn das am Londoner Flughafen bei einer Catering-Firma besorgte Trockeneis war schon mehr als dreißig Stunden alt und würde nicht ewig halten.

Gerade hatten sie ihre Bestellung bekommen, als mit dem letzten Licht des Tages ein Buschtaxi von der Überlandpiste kam und direkt vor dem Tor der Mine anhielt. Einer der Passagiere sprang von der Ladefläche, stürzte auf die Wache zu, nahm dem Mann das Funkgerät ab und fing aufgeregt an, hineinzusprechen.

»Da braut sich was zusammen!«, meinte Fiona und schaute zum Tor des Betriebsgeländes hinüber, während sie mit dem Verschluss ihrer Sardinendose kämpfte. »Danke«, sagte sie dann zu dem Besitzer der Bar, der eine brennende Petroleumlampe aus dem Haus gebracht und an einen Haken über dem Tisch gehängt hatte.

Auch Walter spürte sofort, dass es Schwierigkeiten geben würde. Dieser Passagier konnte doch nur einer der Wachleute sein, die in der Savanne von Wilken und Matan ausgetrickst worden waren. Möglicherweise bahnte sich da eine Vergeltungsaktion an, darum entschied er sich, die weitere Entwicklung abzuwarten, um den Kollegen nötigenfalls helfen zu können. Erst mal konzentrierte er sich aber darauf, den schmalen Metallstreifen, der ihn von den Sardinen trennte, ordentlich auf den kleinen Schlüssel zu wickeln, der auf die Dose gelötet gewesen war. Erfolglos natürlich!

Ushinde versuchte es gar nicht erst. Er hielt die Dose auf dem Tisch fest, benutzte den Schlüssel als Griff, riss den Streifen, der die Dose rundum verschloss, einfach ab und kam so als Erster an sein Essen.

Das Buschtaxi fuhr weiter und hielt an der üblichen Stelle mitten im Ort. Ein paar Fahrgäste stiegen von der Ladefläche und verschwanden zwischen den dunklen Häusern. Der Fahrer ließ den Wagen wieder anrollen und die Rücklichter verschwanden hinter der nächsten Biegung der Piste.

Der Neuankömmling war inzwischen damit fertig geworden, über Funk Bericht zu erstatten, und offenbar hatte er neue Anweisungen erhalten, denn er blieb stehen und schien auf etwas zu warten. Tatsächlich dauerte es dann auch keine fünf Minuten und der Streifenwagen von vorhin kam eilig heran. Der Mann stieg ein und der Wagen fuhr ein gutes Stück weit auf das nur spärlich beleuchtete Bergwerksgelände, dorthin, wo ein einzelnes, helles Fenster das Verwaltungsgebäude vermuten ließ. Es war zu dunkel, um wirklich zu erkennen, was die Männer dort taten, aber die Silhouette eines Tanks im Schein einer Taschenlampe und die leisen, rhythmischen Geräusche einer Handpumpe ließen erahnen, dass der Polizeiwagen aufgetankt wurde. Offenbar bereitete man sich auf eine längere Fahrt vor.

Der Wirt kam wieder an den Tisch und räumte die Essensreste ab. Walter versuchte, Wilken über Sprechfunk zu erreichen, um ihn zu warnen, hatte aber keinen Erfolg damit. Schon bei dem letzten Gespräch aus der Savanne war die Verbindung sehr schlecht gewesen. Mehr als sechzig Meilen Entfernung waren auch für die leistungsstarken Geräte des Teams hart an der Grenze der Möglichkeiten. Matan war ebenfalls nicht zu erreichen und langsam wurde Walter nervös.

Wenigstens François meldete sich, als Walter seine Frequenz eingestellt hatte. Er saß zusammen mit Hercule in der Fokker und sie sahen sich gerade *Dark Star* an, den ersten Film, den John Carpenter gemacht hatte.

»Ich unterbreche euren Kulturabend ja nur ungern«, begann Walter.

»Macht nichts«, sagte François. »Messie nervt sowieso die ganze Zeit rum, weil sie Wilken und Matan nicht erreichen kann. Sie ist jetzt ein Erdmännchen, stellt sich alle naselang auf die Hinterbeine und schaut sich suchend um. Sieht echt niedlich aus.«

»Apart«, meinte Walter, »aber ich fürchte, wir kommen tatsächlich langsam in Schwierigkeiten. Was meinst du, kriegst du mit der Piper eine Nachtlandung hier auf dem Rollfeld hin?«

»Sicher doch«, meinte François. »Ein gewisses hässliches Ding wird mir dabei behilflich sein. Was ist denn?«

»Du müsstest die Daten aus der Klinik – und vor allem die Gewebeproben – hier abholen. Ich kann Alex und Matan nicht erreichen und es sieht so aus, als würde Tekene hier eine Verfolgungsjagd organisieren. Er hat jetzt sogar die Polizei angeheuert. Wir wollen da mitmischen, aber nicht mit den ganzen Beweisen an Bord.«

»Geh davon aus, dass wir in vierzig Minuten da sind«, antwortete François knapp.

»Gut! Und bringt ein paar vernünftige Sprechfunkgeräte mit. Hier geben so langsam die Akkus auf. – Mist!«

»Was ist denn?«

»Der Streifenwagen fährt gerade los. Beeil dich lieber!«

»Bin schon unterwegs.« François beendete das Gespräch.

»Ihr habt ja mitgehört«, wandte Walter sich an Fiona und Ushinde. »François kommt gleich, wir geben ihm die Kühlbox mit und fahren dann dem Streifenwagen nach.«

»Hätten wir den nicht besser gleich gestoppt?« Fiona schien mit dem Plan nicht ganz einverstanden zu sein. Nervös sah sie dem Wagen hinterher, dessen Rücklichter gerade am Ortsausgang verschwanden.

»Solange wir sämtliche Beweismittel dabeihaben, können wir kein Risiko eingehen«, entgegnete Walter. »Wir sollten unsere Gegner nicht unterschätzen. Bislang ist alles gut gelaufen. Fast schon zu gut. Jetzt riecht es förmlich danach, dass wir einen Schlag in den Nacken kriegen.«

»Seit wann bist du denn abergläubisch?«, grinste Ushinde. »So kenn ich dich gar nicht.«

»Abergläubisch? Nein! Aber je mehr Volltreffer du in Serie hast, desto größer wird die Wahrscheinlichkeit für einen Fehlschuss. Da kannst du jeden Fußballstürmer fragen.«

»Da ist was dran«, gab Ushinde zu. »Bleiben wir also auf der sicheren Seite.«

»Sichere Seite ist gut«, meinte Fiona. »Schaut mal da!« Sie zeigte auf das Werksgelände, wo neben dem Verwaltungsgebäude die Scheinwerfer eines Wagens aufleuchteten. »Was haben die denn jetzt vor?«

»Gute Frage.« Walter beugte sich vor und ließ das Fahrzeug nicht aus den Augen, das sich langsam dem Haupttor näherte. »Ich hoffe ja, dass die nichts von uns wollen.«

Die einzelne Glühbirne, die die Umgebung des Haupttores in spärliches Licht tauchte, ließ erkennen, dass es sich bei dem Fahrzeug um einen ziemlich neuen silbergrauen Geländewagen handelte. Selbst diese kümmerliche Beleuchtung ließ die Chromleisten funkeln. Vermutlich war das der Wagen vom Boss der Bergwerksgesellschaft.

»Die wollen was von uns, da bin ich mir sicher! Wilkens Scheinidentität ist aufgeflogen und jetzt machen sie Jagd auf Weiße.« Ushinde stand auf, zog die kleine Ingram-MP unter dem Hemd hervor und brachte sich, bevor er gesehen werden konnte, in eine strategisch günstige Position hinter dem Mondeo, der noch immer neben der Bar stand.

Eine der Wachen zog das Tor ein Stück weit auf und der Geländewagen hielt schnurstracks auf die Bar zu.

»Verdammt! Genau das, was ich vermeiden wollte.« Walters Hand stahl sich unter sein Sakko und prüfte den Sitz der Waffe. Aus den Augenwinkeln sah er, dass Fiona ebenfalls den Kolben ihres .32ers zurechtrückte, dann bremste der Wagen auch schon direkt vor der Bar ab.

Die Türen des Fahrzeugs öffneten sich und drei Männer stiegen aus. Einer davon war ohne Frage ein Wachmann, wie man an der Armbinde erkennen konnte, der Fahrer war eher ein Büromensch und der dritte war schon älter. Mit ziemlicher Sicherheit war das der Boss der Mine. Ihm schienen langsam die Wachleute auszugehen.

Der Alte verschwendete keine Zeit mit Höflichkeiten, als er und seine Leute sich vor dem Tisch aufgebaut hatten. »Mein Name ist Tekene«, grollte er, »mir gehört das Bergwerk. Ich will wissen, was Sie in meiner Stadt zu suchen haben.«

Walter musterte die Männer kurz, bevor er antwortete: Der Wachmann hatte nur einen Schlagstock, aber der Bürotyp trug eine doppelläufige Schrotflinte. Der Lauf war zu Boden gerichtet und der Mann hatte die Hand nicht am Abzug. Das war auch besser für ihn, wenn Walter an Ushinde dachte. Auffällig war, dass Tekenes Sakko total schief saß, so, als trage er etwas Schweres in der rechten Außentasche. Der Mann war ganz ohne Frage bewaffnet.

»Sind Sie auf der Jagd?«, fragte Walter mit einem Blick auf die Schrotflinte. »Ich heiße übrigens van Kamp.«

»Ja«, blaffte Tekene. »Allerdings sind wir auf Jagd. Wir jagen Spione und Verräter! Bekomme ich nun eine Antwort auf meine Frage, weißer Mann?«

Walter hörte hinter sich, wie der Besitzer der Bar die Tür schloss. Er konnte es dem Mann nicht verübeln. »Sie fragen, was wir in Ihrer Stadt machen, aber die Frage ist falsch gestellt. Es ist nicht Ihre Stadt.«

Tekene sog zischend die Luft ein. Aufs Äußerste gereizt schob er seine rechte Hand in die Sakkotasche und auch Walter griff nach seiner Waffe, als sich plötzlich ein Schatten aus der Nacht in den gelblichen Lichtkreis der Petroleumlampe schob.

Der Leopardenmann sah Tekene und seine Leute noch nicht einmal richtig an. Er zischte nur einen Befehl und machte mit seinem Speer eine Bewegung, als wolle er ein paar lästige Hühner verscheuchen.

Walter hatte nicht die geringste Ahnung, was für eine Sprache der Leopardenmann benutzt hatte, aber allein der Klang der Stimme ließ sein Blut zu Eiswasser werden. Er spürte die Bedrohung wie einen Schlag in den Magen. Der Drang, ganz schnell von hier zu verschwinden, war so übermächtig, dass er sich förmlich zwingen musste, ruhig sitzen zu bleiben.

Was der Leopardenmann mit seinen wenigen Worten bei den Angreifern ausgelöst hatte, war pure Panik. Tekenes Begleiter wichen zurück und die Schrotflinte fiel zu Boden. Innerhalb einer Sekunde war Tekene ganz auf sich allein gestellt, aber nun zeigte sich, dass er aus etwas härterem Holz geschnitzt war als seine Leute. Urplötzlich drehte er völlig durch. Mit einem wütenden Knurren zog er die Waffe aus seinem Sakko und legte auf den Leopardenmann an.

Walter riss seinen Revolver hervor. Was war denn mit Ushinde los? Der hätte jetzt unbedingt eingreifen müssen!

Blitzschnell hob der Leopardenmann seinen Speer wie einen Zeigestock und richtete ihn auf Tekene, der im gleichen Moment den Abzug betätigte. Das Klicken des Schlagbolzens hallte überlaut in Walters Ohren und plötzlich brach ein Feuerstrahl aus der Pistole hervor, der sich wie die Flamme eines Schweißbrenners in Tekenes Fleisch fraß. Die Korditladung hatte das Projektil nicht durch den Lauf getrieben, sondern war in der Pistole explodiert, und die glühheißen Gase hatten den Weg des geringsten Widerstands genommen – den Weg nach hinten, direkt über Tekenes Hand.

Mit einem Schmerzlaut schleuderte der Alte die Waffe von sich und sah den Leopardenmann entgeistert an.

Wieder stieß der Leopardenmann ein paar Worte in der fremden Sprache hervor und diesmal war es für Walter nicht wie ein Schlag in den Magen; er hatte das Gefühl, jeder einzelne Knochen würde ihm im Leib explodieren. Noch viel stärker war die Wirkung auf Tekene. Der Alte klappte unter der Wucht der Worte regelrecht zusammen. Er stöhnte laut auf, machte zwei unsichere Schritte, griff sich an die Brust, stürzte zu Boden und blieb schwer atmend liegen.

Walter steckte den Revolver wieder ein und auch Fiona nahm die Hand vom Kolben ihres .32ers. Deshalb hatte Ushinde also nicht eingegriffen. Er hatte gewusst, dass der Leopardenmann allein zurechtkam. Natürlich hätte das alles auch Zufall sein können: Dreck im Lauf von Tekenes Pistole könnte die Bahn des Projektils behindert haben, und dass der alte Mann bei der ganzen Aufregung und dem Schmerz in seiner Hand einen Herzanfall erlitt, war auch nicht ganz unwahrscheinlich. Walter war durch und durch Logiker, aber gerade das brachte ihn zu dem Schluss, dass hier ein paar Zufälle zu viel im Spiel waren.

»So, Leute! Ihr seid hier fertig und verschwindet jetzt besser, aber zügig!« Ushinde kam hinter dem Mondeo hervor und hielt seine MPi auf die völlig geschockten Angestellten Tekenes gerichtet. »Um euren Boss braucht ihr euch nicht zu kümmern. Das machen wir schon.«

Die beiden Männer waren heilfroh, so einfach davonzukommen. Ohne ein weiteres Wort drehten sie sich um und hielten mit schnellen Schritten auf das Tor des Bergwerks zu. Nur fort von diesem Leopardenmann mit seinem Zauberspeer und der todbringenden Stimme.

»So kommt man zu einem neuen Auto«, meinte Ushinde. »Kommt, laden wir den Alten ein. Ich denke mal, er braucht wirklich dringend Hilfe.«

Vorsichtig setzten sie Tekene auf den Beifahrersitz des Geländewagens und brachten ihn die paar Meter bis zum Krankenhaus, während der Leopardenmann wieder in der Finsternis verschwand. Bei dieser Gelegenheit stellte Walter gleich fest, dass der Tank des Wagens voll war. Wieder eine Sache, um die sie sich nicht mehr kümmern mussten.

»Mann, jetzt verstehe ich, warum dein Kollege nie mit uns spricht«, wandte Walter sich an Ushinde. Er hatte immer noch weiche Knie. »Das hält ja kein Mensch aus!«

»Ach, der war noch nicht einmal richtig wütend. *Dann* solltest du ihn mal erleben«, meinte Ushinde.

»Ehrlich gesagt ist er mir schweigsam lieber.«

»Mir auch.« Fiona schauderte. »Ich hab immer noch Gänsehaut.«

Als sie am Krankenhaus ankamen, fanden sie Doktor Lerch in der Notaufnahme vor, wo er noch an seinem Laptop arbeitete. Er war natürlich sehr überrascht, wer da auf Walter und Ushinde gestützt in sein Krankenhaus kam. Rasch und professionell begann er, Tekene zu untersuchen, und rief über die Haussprechanlage eine Schwester Anneke herbei. Anneke, das war nun eindeutig ein niederländisch-flämischer Vorname und Walter hätte zu gerne gewusst, wer sich dahinter verbarg. Leider hatten sie aber keine Zeit, das Erscheinen der Schwester abzuwarten, denn François und Hercule waren sicherlich schon auf dem Weg hierher.

Das Erlebnis mit dem Leopardenmann hatte Walter emotional so durchgerüttelt, dass er immer noch voll unter Adrenalin stand.

»So, dann wollen wir die Sache mal zu Ende bringen«, wandte er sich grinsend an Tekene, der auf dem Behandlungstisch lag. »Sie haben doch nichts dagegen, wenn wir uns dafür Ihren Wagen ausleihen, oder?«

»Aahrrg!«, brachte Tekene mühsam heraus und schoss Walter einen Giftblick zu.

»Das nehme ich mal als Zustimmung«, meinte der ungerührt und wandte sich zum Gehen.

»Also, Walter!« Fionas Stimme klang vorwurfsvoll. »Der Mann ist krank. Du solltest ihn nicht ärgern.«

»Stimmt«, gab Walter zu. »'tschuldigung!«, rief er über die Schulter und war auch schon aus der Tür.

»Mein lieber Kollege«, Fiona holte ihn im Warteraum ein. »Ich muss dir leider sagen, dass du schlechten Umgang hast. Du wirst François immer ähnlicher.«

»Möglich«, gab Walter zu. »Aber ich übe noch. Er ist und bleibt der Meister.«

Fiona seufzte. Das war nicht der Walter, den sie kannte. Der Mann war ja völlig neben der Spur. »Komm, wir holen unsere Sachen«, meinte sie dann. »Hoffentlich ist der Anfall bald vorüber.«

»Wieso Anfall?«, protestierte Walter und blieb stehen. »Ich fühl mich wohl!«

»Schon klar.« Fiona tätschelte ihrem Kollegen freundschaftlich die Schulter und bugsierte ihn aus dem Warteraum hinaus. »Lass uns die Kühlbox aus dem Mondeo holen und dann ab zum Rollfeld. Dein großes Vorbild muss gleich da sein.«

»Wieso Vorbild?« Walter stieg in den Geländewagen und im Schein der Innenbeleuchtung konnte Fiona sehen, dass er sie streng ansah.

»Ach, nur so!« Walters Adrenalinspiegel ebbte wohl langsam ab und das war jetzt schon eher der Kollege, den Fiona kannte: etwas onkelhaft und humorlos, aber genauso mochte sie ihn und genauso wurde er auch gebraucht.

Walter bezahlte nur noch die Rechnung in der Bar, die Kühlbox war schnell umgeladen und die Landebahn lag praktisch gleich neben der Ortschaft, so dauerte es keine zehn Minuten mehr, bis das Warten ein Ende hatte, und sich die Piper durch ihr Motorengeräusch am nächtlichen Himmel ankündigte.

Es war gespenstisch, mitzuerleben, wie das kleine Propellerflugzeug sich herabsenkte und die Behelfslandebahn entlangschnurrte, denn man konnte nicht das Geringste davon sehen. François hatte völlig auf die Benutzung der Landescheinwerfer verzichtet. Er war wohl der Meinung, dass es im Ort niemand mitbekommen musste, dass hier draußen etwas vorging. Vielleicht wollte er aber auch nur seine Kollegen von der Qualität des Datenhelms überzeugen.

Hercule gesellte sich zu Walter und Ushinde, während Fiona sich von Walter das Aufnahmegerät mit Lerchs Aussage geben ließ. Sie schnappte sich die Kühlbox und nahm den Platz des Copiloten ein, nachdem sie das sperrige Ding im hinteren Fußraum verstaut hatte. Sobald sie in Kariba waren, würden sie und François mit dem Jet in Richtung Lyon starten, wo die Proben schon in einem unabhängigen mikrobiologischen Labor erwartet wurden.

François bot noch an, dass er seine Kollegen ein Stück weit begleiten würde, damit sie die Spur des Polizeiwagens nicht verloren. Walter passte es zwar wegen des Zeitverlusts überhaupt nicht, denn ein kurzer Blick in die Box hatte gezeigt, dass das Trockeneis schon fast die Hälfte an Volumen eingebüßt hatte, aber schließlich stimmte er doch zu. Immerhin hatte der Streifenwagen schon mehr als eine Dreiviertelstunde Vorsprung und ohne Kartenmaterial würde es schon schwierig genug werden, den Zielort überhaupt zu finden.

Als es dann losging, kam der Leopardenmann mit größter Selbstverständlichkeit aus der Finsternis und setzte sich auf die Rückbank neben Ushinde. Ganz offensichtlich hatte er die unheimliche Fähigkeit, immer im genau richtigen Moment am rechten Ort zu sein. Walter hatte den afrikanischen Kollegen heute richtig zu schätzen gelernt – schließlich hatte er ihnen mit seinem Eingreifen eine Schießerei erspart –, aber trotzdem kroch ihm eine Gänsehaut den Rücken hoch, wenn er daran dachte, wer da hinter ihm saß.

Zuerst war der Verlauf der Strecke klar, denn es gab nur eine einzige Überlandpiste. François war ein gutes Stück vorausgeflogen, und als er in der Dunkelheit zwei Scheinwerferpaare entdeckte, die sich über schmalere Wege quälten, gab er Walter sofort Bescheid. Sicherlich hatte der Wachmann sich im Bergwerk die Ersatzschlüssel geben lassen und der Kastenwagen war wieder mit im Spiel.

Leider lag Walter immer noch gute zehn Meilen zurück, obwohl er Tekenes Wagen nicht schonte. Den alten Leihwagen hätte es bei diesem Höllentempo schon auf den ersten drei Meilen total zerlegt.

Endlich erreichten die beiden Fahrzeuge eine kleine Ortschaft und ein Suchscheinwerfer flammte auf. Sie hatten ihr Ziel erreicht, und als François sicher war, dass Walter den Ort nicht mehr verfehlen konnte, drehte er schweren Herzens in Richtung Kariba ab. Laut Datenhelm lag Walter da nur noch fünf Meilen zurück. Bei dem Zustand der Nebenstrecke waren das etwa acht bis zehn Minuten.

Aufstand der Frauen

Tsuro hatte alles perfekt organisiert. Als er Wilken und Matan bei der Schwester seiner Mutter ablieferte, war das Essen schon fertig. Höchste Zeit, wenn man bedachte, dass Wilken das letzte Mal in London etwas gegessen hatte. Wie hierzulande üblich war das klein geschnittene Hühnerfleisch mit verschiedenen Gemüsen und dem Reis zu einem Brei zusammengekocht, der aber gut gewürzt und recht schmackhaft war.

Nach dem Essen händigte Tsuros Tante ihren Gästen Handtücher und Shampoo aus und sie hatte tatsächlich auch an zwei originalverpackte Zahnbürsten gedacht. Tsuro musste ihr erzählt haben, dass ihre Gäste nur mit dem kamen, was sie am Leib trugen, und zur Körperpflege war die Ausrüstung, die sie dabeihatten, nun mal denkbar ungeeignet.

Das Zimmer war klein, machte aber einen guten Eindruck. Nur ein leichter Geruch im Raum ließ auf Unmengen Insektenpulver schließen, das jahrelang durch die Ritzen des Bretterbodens gerieselt war. Blieb nur zu hoffen, dass das Zeug hier nicht DDT-haltig war. Wahrscheinlich schon, aber wenn dadurch in der Nacht keine Blutsauger in sein Bett kamen, war Wilken sogar das recht. Schließlich wurde das Zeug in allen Malariagebieten der Welt auch heute noch tonnenweise in die Brutgebiete der Krankheitsüberträger gesprüht.

Wilken huschte eilig in die offene Wellblechdusche auf dem Hof, die von einem Lichtstrahl, der aus dem Haus drang, auf das Kümmerlichste erhellt wurde. Das Wasser kam aus einem alten Ölfass auf dem Dach und Wilken ging sparsam damit um, damit für Matan auch noch etwas übrig blieb. Leidlich satt und erfrischt verzog er sich dann sofort in sein Bett.

Von hungrigen Parasiten blieb Wilken zwar verschont, aber trotzdem war es mit der Ruhe bald vorbei. Er hatte den Eindruck, gerade erst eingeschlafen zu sein, als Matan an seiner Schulter rüttelte.

»Was 'n nu' schon wieder los?« Wilken versuchte, sich auf die andere Seite zu drehen.

»Komm, Alex! Auf!« Matan gab nicht nach. »Sie sind da.«

»Was?« Wilken öffnete die Augen und richtete sich auf. Es war völlig dunkel im Zimmer. Die Wirtin hatte zwar einen Kerzenstummel und Streichhölzer dagelassen, aber Matan hatte noch kein Licht gemacht. »Wer ist da? Die Burschen mit dem Kastenwagen?«

»Und ein Wagen mit Suchscheinwerfern«, erklärte Matan. »Sind eben gerade hier vorbei. Ich fürchte, Tekene hat uns die Polizei auf den Hals gehetzt.«

»Mist!« Wilken schloss geblendet die Augen, als Matan ein Streichholz anriss und die Kerze entzündete. »Die wollen Changa und Tsuro holen.«

»Und uns noch viel lieber«, meinte Matan. »Tekene braucht nur eins und eins zusammenzuzählen und er weiß, wer seine Leute in der Savanne aufgemischt hat. Ich denke mal, dass Elmo Caruthers vor ein paar Stunden aufgeflogen ist und der Alte genau weiß, was gespielt wird.«

»Meinetwegen.« Wilken zog sich an, so schnell er konnte. »Immerhin haben wir alles, was wir brauchen. François hat die Bilder der Klinikakte schon an die Zentrale weitergeleitet. Damit ist Tekene erledigt.«

»Aber erst mal ist er jetzt hinter uns her. Es ist nicht mehr damit getan, nur einen Arbeiter auszuschalten, der zu viel weiß. Ich denke, der Alte ahnt so langsam, dass es ernst für ihn wird. Er hat begriffen, dass es um seine Existenz geht. Wenn wir seinen Leuten in die Hände fallen, können wir uns auf ein paar höchst vergnügliche Stunden draußen in der Savanne einstellen.«

Leider stimmte das, was Matan da sagte. Nach europäischen Maßstäben war Tekene zwar bankrott, aber hier in der Gegend hatte er noch großen Einfluss. Er würde seine Position mit allen Mitteln verteidigen, das war klar. Durchaus denkbar, dass er sich ein paar Polizisten gemietet hatte, die nun das zu Ende bringen sollten, was seine Wachen nicht geschafft hatten.

Wilken legte schnell noch eine Zwanzigdollarnote auf den Tisch und beschwerte sie mit dem Kerzenständer, dann war er bereit.

Matan hatte den Türknauf schon in der Hand, als Wilken die Kerze ausblies. Das Knarzen der Scharniere diente als Orientierungshilfe und mehr tastend als sehend trat Wilken auf den Flur hinaus.

Sofort wurde er vom Schein einer starken Taschenlampe erfasst.

Blitzschnell wich er in das Zimmer zurück und zog die Glock 17 unter der Jacke hervor. Ein Rascheln direkt neben ihm zeigte an, dass Matan seine Revolver ebenfalls in Anschlag gebracht hatte.

Hinter dem Reflektor der Taschenlampe war ein erstickter Aufschrei zu hören und eine weibliche Stimme stieß hastig etwas in einheimischer Mundart hervor.

Wilken steckte die Waffe ein und auch Matan ließ seine Revolver wieder im Hosenbund verschwinden. Offenbar war die Wirtin auf das Rumoren im Gästezimmer aufmerksam geworden und hatte nach dem Rechten sehen wollen. Dass ihre Gäste sie, ohne zu zögern, gleich mit der Waffe bedrohten, hatte sie bestimmt übel geschockt.

»Alles in Ordnung«, behauptete Wilken mit ruhiger Stimme. Die Frau hatte die Taschenlampe mittlerweile gesenkt, sodass der Flur einigermaßen gleichmäßig ausgeleuchtet wurde. »Tut mir leid, dass wir Sie erschreckt haben, aber wir müssen weg.«

»Wegen der Polizei?« Die Frau hatte sich schnell wieder gefangen. »Ich habe einen Streifenwagen draußen gesehen.«

»Tsuro ist in Gefahr«, antwortete Matan. »Und der

Junge aus dem Bergwerk auch. Wir werden versuchen, die beiden da rauszuholen.«

»Verkaufen Sie mir die?« Wilken zeigte auf die Taschenlampe.

»Hier, nehmen Sie. Ich habe noch eine.« Die Frau hielt Wilken die Lampe hin. »Tsuro hat mir erzählt, was Sie für ihn und den anderen Jungen getan haben. Seien Sie bloß vorsichtig. Unsere Polizei ...«

»Ich weiß.« Wilken nahm die Lampe. »Wir müssen los.«

Die Wirtin ging voran und öffnete die Eingangstür. Wilken schaltete die Lampe aus und er und Matan schlüpften hinaus auf die Straße.

In der Dunkelheit beleuchtete der Suchscheinwerfer eine Hütte, die kaum hundert Meter weit entfernt war. Die Polizisten hatten den blauen Pick-up entdeckt. Der Wagen stand neben der Hütte, deren Tür offen stand. Gerade waren zwei Polizisten dabei, eine Gestalt die sich heftig wehrte, aus dem Haus zu zerren. Tsuro!

»Das ist er!«, rief ein Mann, der neben dem Streifenwagen stand. »Lasst ihn bloß nicht entkommen.«

Wilken erkannte den Mann sofort. Es war der Wortführer der Wachleute.

»Er muss uns sagen, wo wir die anderen finden«, krakeelte der Typ weiter. »Bringt ihn mir her! Wir werden das schon aus ihm rausprügeln!« Seine beiden Untergebenen standen einen Schritt hinter ihm und sahen sich unsicher an. So ganz gefiel ihnen das wohl auch nicht, was hier geschah.

Wilken beschleunigte seine Schritte und spürte, dass Matan von seiner Seite verschwand. Er war nun auf der anderen Straßenseite, damit sie die Feinde in die Zange nehmen konnten. Ein etwas gewagter Plan, denn gegen die modernen Schnellfeuergewehre, mit denen die Polizei hier üblicherweise ausgerüstet war, sah ihr eigenes Waffenarsenal eher kümmerlich aus. Wilken wusste zwar, dass er den besten Pistolenschützen aller Teams an seiner Seite hatte – Matan konnte mit seinen etwas altmodischen Revolvern in Sekundenschnelle auf zwanzig Meter Entfernung eine Postkarte in Fetzen schießen –, aber es konnte ja unmöglich der Plan sein, hier mitten im Ort ein Feuergefecht mit Polizisten und Wachleuten anzufangen, die wahrscheinlich noch nicht einmal so richtig wussten, worum es eigentlich ging.

Links von Wilken bewegte sich hinter den Häusern etwas und hinter ihm huschte eine Person über die Straße. Wilken konnte sich im Moment nicht darum kümmern. Vorsichtig schlich er sich an den Kastenwagen heran, der mit ausgeschalteten Scheinwerfern ein Stück hinter dem Polizeifahrzeug mitten auf der Straße stand. Tsuro wehrte sich immer noch, beschimpfte die Polizisten und stemmte seine Füße auf den Boden. Die Polizisten zerrten ihn Schritt für Schritt weiter und befahlen ihm erfolglos, endlich aufzugeben. In dem Tumult ging das leise Klicken unter, als Wilken die Fahrertür des Wagens öffnete. Schnell schaltete er die Innenbeleuchtung aus. Seine Hand suchte nach dem Blinkerhebel, mit dem auch das Fahrlicht geschaltet wurde, aber noch wartete er ab. Spätestens, wenn das Licht des Kastenwagens aufflammte, musste es zum Kampf kommen und im Moment war noch niemand in unmittelbarer Lebensgefahr.

Eine Frau – vermutlich Tsuros Mutter – kam aus dem Haus gestürzt und stellte sich den Polizisten in den Weg. Die waren durch ihre kurzläufigen Gewehre behindert, die sie in einer Hand hielten, während sie die andere brauchten, um den tobenden Tsuro in ihrer Mitte zu bändigen.

Die Polizisten versuchten, die Frau zur Seite zu drängen, aber die blieb stehen und stieß sogar einen der Polizisten vor die Brust, sodass der ins Taumeln kam.

»Holt sie da weg!«, schrie der Chef der Wachleute seinen Untergebenen zu, die sich zögerlich in Bewegung setzten. Sie waren eigentlich unterwegs, um einen flüchtigen Arbeiter einzufangen, und nicht, um sich mit der Mutter eines Buschtaxifahrers zu prügeln oder diesen Weißen und seinen schwer bewaffneten Begleiter zu jagen. Das Ganze hier lief doch völlig schief und am liebsten hätten sie wohl mit der Sache überhaupt nichts mehr zu tun gehabt.

Plötzlich war Tsuros Mutter nicht mehr allein. Eine zweite Frau baute sich vor den Polizisten auf. Wilken erkannte Tsuros Tante, die Pensionswirtin.

Noch eine Frau kam aus der Dunkelheit in den Lichtkegel des Suchscheinwerfers, dann eine von der anderen Straßenseite und innerhalb weniger Sekunden standen die Polizisten zehn oder zwölf notdürftig bekleideten Frauen gegenüber, die ihnen den Weg versperrten und lautstark forderten, dass sie den gefangenen Tsuro freilassen sollten. Jetzt begriff Wilken, was das Gehusche hinter den Häusern und auf der dunklen Straße zu bedeuten gehabt hatte: Tsuros Tante hatte ihre Freundinnen geweckt und zu Hilfe gerufen.

Die beiden Wachmänner waren stehen geblieben und selbst ihr Boss hatte wohl eingesehen, dass es im Moment klüger war, den Mund zu halten. Er wich sogar zwei Schritte zurück, denn es war ihm klar, dass es ihm schlecht ergehen würde, wenn die wütenden Frauen in ihm den Verantwortlichen erkannten.

Immer mehr Frauen kamen zu der Gruppe. Jetzt mussten es schon um die zwanzig sein. Der Oberwachmann gab seinen Leuten ein Zeichen und sie wichen vorsichtig in Richtung des Kastenwagens zurück. Wie gebannt starrten sie dabei in Richtung der Frauen, die die Polizisten mittlerweile so eng umschlossen hatten, dass die sich überhaupt nicht mehr bewegen konnten. Hoffentlich verlor jetzt keiner der Männer die Nerven und fing an, mit seinem Gewehr herumzuballern, aber eigentlich sah es nicht danach aus. Über die Köpfe der Frauen hinweg sah Wilken an ihren Gesichtern, dass auch sie sich in ihrer Haut überhaupt nicht wohlfühlten. Wären es lauter Männer um sie herum gewesen, hätten sie viel härter reagiert, aber die waren ja wohlweislich im Dunkel geblieben.

Wilken ließ den Lichtschalter des Kastenwagens los, lehnte die Fahrertür leise wieder an und trat einen Schritt zurück. So hatte er die Hände frei, als der Boss der Wachleute gegen ihn stieß. »Sie wollen doch nicht schon gehen?«, fragte er den verdutzten Wachmann in normalem Gesprächston. »Bleiben Sie doch noch ein wenig.«

»Ich ... äh ...«, begann der Mann und Wilken hörte, wie Matan auf der Beifahrerseite die beiden anderen Wachleute in Empfang nahm.

Ein Lichtschein huschte über die Seite des Kastenwagens. Wilken wich einen Schritt von seinem Gegner zurück und sah sich um. Am Ortseingang erschien ein Scheinwerferpaar, das sich schnell näherte. Plötzlich stand Wilken voll im Licht. Eilig zog er seine Waffe aus dem Holster und hörte Matan auf der anderen Seite des Kastenwagens fluchen. Ein großes Fahrzeug stürmte heran und wurde erst im letzten Moment hinter dem Kastenwagen zum Stehen gebracht.

Sofort erkannte Wilken an der silbergrauen Farbe und dem reichlichen Chrombesatz, dass es der Geländewagen war, der ihn bei der Elmo-Caruthers-Vorstellung von der Landebahn abgeholt hatte.

Der Oberwachmann grinste höhnisch. Jetzt waren die Karten neu gemischt. Tekene hatte ihnen seinen eigenen Wagen mit Verstärkung hinterhergeschickt.

Für Wilken war die Sache klar: Erst mal niemanden aussteigen lassen und raus aus dem Lichtkegel! Er hob seine Waffe und zielte gegen das Licht dorthin, wo der Fahrer sitzen musste. Gleichzeitig machte er ein paar Schritte zur Seite, bis das Dunkel ihn für die Gegner unsichtbar machte.

»Gut gemacht, Leute!«, kam es aus dem Wagen heraus. »Lasst ihr uns dann bitte aussteigen?«

Walter! Wilken ließ die Waffe sinken und holte erst mal tief Luft. Er hatte schon gedacht, hier würde jetzt eine Riesenschießerei losgehen, an der sich die Polizisten dann sicher auch beteiligt hätten.

Der Oberwachmann war wohl sehr enttäuscht, dass die Verstärkung nicht für ihn war, jedenfalls versuchten er und seine Leute, sich unauffällig zu verdrücken. Matan war allerdings dagegen und hielt ihnen in gewohnt lässiger Pose zwei Argumente vor, denen sie nichts entgegenzusetzen hatten. Es war Wilken völlig klar, dass sein Kollege in dieser gespannten Situation niemals ohne Not einen Schuss abgeben würde, aber das wusste eben nur Wilken und so blieben die Wachleute brav stehen.

Walter und die anderen waren inzwischen ausgestiegen. Hercule und Ushinde verschwanden sofort in der Dunkelheit, um ihre Kollegen abzusichern, während Walter und der Leopardenmann auf Wilken zukamen. »Ein paar Dinge haben sich verändert!«, sagte Walter. »Ich muss mit den Polizisten reden. Kommt, bringen wir die Sache zu Ende.«

Wilken und der Leopardenmann folgten Walter, der, ohne zu zögern, auf die Gruppe der Frauen zuhielt, in deren Mitte die Beamten immer noch eingekeilt waren. Die aggressive Stimmung von vorhin war aber schon merklich abgeflaut, weil jetzt alle wissen wollten, wer mit dem Geländewagen gekommen war. Dass nun gleich zwei Weiße in Begleitung eines mächtigen Medizinmanns auftauchten, löste einiges Gemurmel aus.

»Hallo, Leute!«, grüßte Walter die Polizisten. »Die Party ist vorbei! Lasst den Jungen los und alles wird gut!«

»Wer sind Sie?«, fragte einer der Polizisten über die Köpfe der Frauen hinweg.

Walter überhörte die Frage glatt. »Ich komme gerade vom Bergwerk«, erklärte er. »Mister Tekene hatte heute Abend einen Herzinfarkt oder Schlaganfall gehabt. Er kann sich um nichts mehr kümmern. Egal, was er Ihnen versprochen hat, er wird es nicht halten, weil er kein Interesse mehr an der Sache hat.«

»Hundert US-Dollar«, sagte einer der Polizisten und es war klar, dass er die Prämie meinte, die er von Tekene erhalten hätte.

»Für jeden von uns«, schaltete der andere sich schnell ein.

»Ich biete Ihnen freien Abzug«, hielt Walter dagegen. »Nicht mehr und nicht weniger. Und damit wir uns nicht falsch verstehen: Ich habe fünf bestens bewaffnete Kollegen hinter mir.«

Widerstrebend gaben die Polizisten Tsuro frei und augenblicklich löste der Pulk der Frauen sich auf. Abwartend blieben sie in einiger Entfernung stehen und wollten wissen, wie es nun weiterging.

Der Leopardenmann drehte sich halb um und gab

Matan einen Wink, seine Gefangenen herzubringen. Sie mussten sich mit den Polizisten in eine Reihe stellen und der Leopardenmann sprach leise ein paar Worte zu ihnen. Es war für Wilken nicht zu verstehen, was er sagte, aber er sah, dass sich ein breites Grinsen auf Matans Gesicht schlich.

Als der Leopardenmann mit seiner kleinen Ansprache fertig war, kletterten die Wachleute und die Polizisten eiligst in ihre Fahrzeuge und verschwanden in einer Riesenstaubwolke aus dem Ort.

»Was hat er ihnen gesagt?«, wollte Walter von Matan wissen, der näher beim Leopardenmann gestanden hatte.

»Wenn sie jemals wieder etwas gegen die Jungen oder das Dorf unternehmen, wird ihnen ein gewisses Körperteil abfallen«, grinste Matan. »Glaub mir, wir sind hier alle so sicher, als säßen wir im Tresor.«

»Danke!« Tsuro hatte sich aus der Gruppe der Frauen gelöst und war auf Wilken und Matan zugekommen. »Sie haben uns schon wieder das Leben gerettet.«

»Ist schon okay«, meinte Matan. »Wir waren ja selbst in Gefahr.«

»Aber nur unseretwegen«, protestierte Tsuro. »Sie hätten das nicht machen müssen.«

»Ist unser Job«, tat Wilken die Sache kurz ab.

»Jetzt brauchen wir nur noch ein paar Betten«, wechselte Walter, der herangekommen war, das Thema. »Ich habe seit fast vierundzwanzig Stunden nicht mehr geschlafen.«

Traumstaub

Cecils Beerdigung war keine ruhige und stille Angelegenheit. Das ist so eine Sache nie in einem dörflichen Umfeld, wo jeder jeden kennt.

Tsuro war schon seit dem frühen Morgen unterwegs und holte aus den umliegenden Dörfern weitere Verwandte heran. Insgesamt dreimal war er mit dem Pick-up unterwegs und jedes Mal war der Wagen voll besetzt, wenn er zurückkam.

Bis auf den Leopardenmann, der wieder mal verschwunden war, hatte sich das Team in die Zambezi-Bar zurückgezogen. Sie würden nachher bei dem Begräbnis dem unbekannten Cecil die letzte Ehre erweisen, aber das musste dann auch reichen.

Es dauerte nicht lange und der Bürgermeister des kleinen Ortes gesellte sich zu ihnen. Er dankte dem Team dafür, dass es in der Nacht eingegriffen und die Jungen vor einem schlimmen Schicksal bewahrt hatte. Das Team revanchierte sich, indem es den Mut der Frauen und die Klugheit der Männer lobte, die sich ja im entscheidenden Moment zurückgehalten hatten. So bekamen die Männer des Ortes auch ihr Teil Lob ab und nach einer halben Stunde ging der Bürgermeister wieder hochzufrieden seiner Wege.

Changa war dagegen die ganze Zeit von Cecils Verwandtschaft voll in Anspruch genommen und musste jedem Neuankömmling erzählen, wie es zu dem Unfall gekommen war und was er danach alles erlebt hatte. Da war es dann unvermeidlich, dass ein neugieriger Mann nach dem anderen im Zambezi auftauchte und anfing, Fragen zu stellen. Wilken und die anderen antworteten, so gut es ging, ohne allzu viel zu verraten. Ganz besonders stellten sie dabei die Tapferkeit der Frauen heraus, ohne deren Aktion die Sache mit Sicherheit viel schlechter gelaufen wäre.

Das war es nun nicht gerade, was die Männer hören wollten. Sie waren mehr auf Abenteuergeschichten von starken, überlegenen Männern aus. Dass nun gerade die Frauen dieses Dorfes die Heldinnen dieser Geschichte waren, konnten sie nur schwer verstehen. So räumte ein enttäuschter Zuhörer nach dem anderen seinen Stuhl und machte dem nächsten Gast Platz, der genau die gleichen Fragen stellte.

Schließlich war es dann so weit. Tsuro hatte seine letzte Tour gemacht, Cecils Mutter hatte die neuen Gäste bewirtet und eine halbe Stunde später wurde der Leichnam aus dem Haus getragen. Einen Sarg gab es nicht, aber man hatte Cecils Körper in saubere weiße Tücher gehüllt und brachte ihn auf einer Tragbahre zu dem kleinen Friedhof vor dem Dorf. Das Team schloss sich dem Zug der Trauergäste an und wartete in der letzten Reihe, bis die Beerdigungszeremonie zu Ende war.

Changa ließ es sich nicht nehmen, noch ein paar Worte am offenen Grab zu sprechen. Vielleicht hatte er eine kurze Rede vorbereitet, aber alles, was er herausbekam, war: »Wir hatten ein schlechtes Leben im Bergwerk, aber Cecil war immer für mich da. Er hat mir das Leben gerettet. Er war der beste Freund, den ich je hatte.« Er machte eine hilflose Handbewegung und konnte kein Wort mehr sagen. Auf Tsuro gestützt humpelte er von dem Grab weg und setzte sich auf den Stuhl, den man für ihn mitgebracht hatte.

Plötzlich entstand Unruhe in den Reihen der Trauergäste. Eine Gasse bildete sich und der Leopardenmann trat an das Grab. Ohne die Menschen, die um ihn herumstanden, zu beachten, hockte er sich am Kopfende nieder und sah stumm auf den leblosen Körper hinab. Niemand wagte es, auch nur ein Wort zu sagen. Eine Sekunde nach der anderen verstrich. Sie zogen sich ins Endlose und Wilken hatte den Eindruck, er würde in einen Traum eintauchen.

Endlich bewegte der Leopardenmann sich wieder. Er öffnete einen der vielen kleinen Lederbeutel, die er bei sich trug, entnahm ihm eine kleine Menge einer pulvrigen Substanz und vermengte sie mit ein paar Sandkörnern, die er vom Boden aufnahm.

»Traumstaub!«, flüsterte Ushinde.

Mit einer ruhigen Geste streute der Leopardenmann das Gemisch in das offene Grab und sah dann auf. »Das wird ihm guttun«, sagte er. »Er wird überdauern.« Diesmal war seine Stimme wie das Rauschen des Windes in den Blättern der Bäume. Nichts Furchterregendes war darin, nur unendliche Güte, Trauer und Trost. »Lasst ihn jetzt gehen und schließt das Grab.« Der Leopardenmann stand auf und ging durch die Gasse, die sich sofort für ihn bildete, davon.

»Mann, der Kerl macht mich fertig«, stöhnte Walter leise und wischte sich verstohlen das Gesicht. »Das letzte Mal habe ich geheult, als mein Hund überfahren wurde, und das ist zwanzig Jahre her.«

»Er verstärkt nur deine Gefühle«, erklärte Ushinde. »Der Hass, den du in dir trägst, wendet sich gegen dich und das Gute bricht sich Bahn.«

»Dann bin ich wohl auch ein guter Mensch«, meinte Wilken und tupfte an seinen Augen herum.

»Ganz ohne Frage bist du das!« Ushinde sah Wilken ernst an.

»Kommt, gehen wir zurück ins Zambezi«, sagte Walter und das taten sie dann auch.

Etwas später fuhr Tsuro Changa mit dem Pick-up bis direkt vor das Zambezi, denn Changa musste ja noch die versprochene Aussage machen. Wilken zog seine Kamera hervor und zeichnete alles, was er sagte, als .avi-Datei auf. Es war auch manches Nebensächliche dabei, aber Changa hatte seine Geschichte jetzt schon so oft erzählt, dass fast keine Fragen mehr nötig waren. Er zeichnete ein umfassendes Bild von der Arbeit in der Diamantmine und erzählte davon, warum er sich darauf eingelassen hatte, dort zu arbeiten. Er sprach davon, wie sie als Versuchskaninchen missbraucht worden waren, und berichtete von dem Unfall und der Flucht.

Sie ließen Changa einfach reden. Walter fragte hier und da noch mal nach, wenn etwas unklar war. So bekamen sie schnell einen umfassenden Eindruck von den Lebensbedingungen der Bergarbeiter, denn Changa war in allen Dingen sehr genau. Nur die Rettung durch das Team ließ er aus, denn das wussten die Männer, die ihm gegenübersaßen, ja sowieso. Den Teammitgliedern war es recht. So mussten diese Passagen nicht herausgeschnitten werden, denn schließlich ging es niemanden was an, wann, wo und mit welchen Methoden sie tätig geworden waren.

Wilken stellte die Kamera ab und bedankte sich bei Changa für die Aussage.

»Ohne Sie wären wir umgebracht worden«, sagte der.

»Möglicherweise«, räumte Wilken ein.

»Nein, ganz bestimmt!«, widersprach Changa. »Wenn ich nur wüsste, wie ich Ihnen danken kann …«

»Ist schon okay«, wehrte Wilken ab.

Changa schaute die Männer am Tisch der Reihe nach an, als wolle er sich die Gesichter für alle Zeiten einprägen. »Danke«, sagte er und stand auf. Tsuro stützte ihn auf dem Weg zum Wagen.

»Das ist ein richtig feiner Junge, dieser Changa«, stellte Walter fest, als er nicht mehr gehört werden konnte.

»Tsuro ist auch ein prima Kerl«, meinte Wilken. »Er ist zwar lange nicht so gerissen, wie er sein möchte, aber man kann sich auf ihn verlassen.«

Kurze Zeit später war Tsuro wieder da. »Ich wollte mich auch noch mal bedanken«, fing er an. »Tut mir leid wegen Changa, aber er ist total erschöpft. Er hat in der letzten Nacht keine Minute geschlafen, hat Cecils Mutter mir eben erzählt. Er hat sich jetzt gleich hingelegt.«

»Macht nichts«, wehrte Hercule ab. »Wir wissen, wie das ist, nach so einer Anspannung.«

»Hört mal«, Walter beugte sich etwas vor, »Changa hat doch eben gesagt, dass er in der Mine gearbeitet hat, um den Brautpreis zusammenzubringen. Wie wäre es denn, wenn wir mal den Hut für ihn rumgehen ließen?«

»Ich weiß nicht«, wandte Wilken ein. »Menschenhandel ist nicht so meine Sache. Ich möchte so was lieber nicht unterstützen.«

»Aber er kauft doch nicht die Frau!«, protestierte Tsuro. »Die Eltern haben sie großgezogen und ihr alles beigebracht, was sie wissen muss. Und jetzt wollen sie, dass ihre Tochter einen Mann bekommt, der für sie sorgen kann. Dass er den Brautpreis aufbringen muss, ist doch nur fair. Damit beweist er, dass es ihm ernst ist. Wer bezahlt denn für etwas, das er nicht wirklich will?«

»Ist auch 'ne Einstellung!«, lachte Wilken. Er hatte sich über diese Brautpreissache noch nie ernsthaft Gedanken gemacht, aber so, wie Tsuro es schilderte, machte es richtig Sinn. Jedenfalls war es ein funktionierendes Gegenmodell zum europäischen System, wo man viel schneller zusammenfand und manchmal noch schneller auseinanderging. »Also okay, ich bin dabei. Wie hoch ist denn so ein Brautpreis eigentlich?«

»Changa hat mir erzählt, dass ihm noch dreihundert Dollar fehlen«, sagte Tsuro.

»Macht für jeden einen Fünfziger«, meinte Hercule. »Ich bezahle für den Leopardenmann mit, und wenn er es mir nicht ersetzen will, lernt er mal eine wirklich furchterregende Stimme kennen.«

»Das war eine große Ehre, dass der Medizinmann bei der Beerdigung meines Cousins gesprochen hat«, sagte Tsuro. »Danken Sie ihm von mir?«

»Gerne.« Hercule nickte, während er die Geldscheine von seinen Kollegen entgegennahm. »Das wird ihn freuen.« Dann hielt er Tsuro die dreihundert Dollar hin. »Gibst du Changa die, wenn wir weg sind?«

»Mann, ehrlich? Der freut sich tausend Blümchen aufs Hemd!« Tsuro griff zu, faltete die Scheine und ließ sie in seiner Hosentasche verschwinden.

»Sag mal, wo hast du eigentlich deine coolen Sprüche her?« Wilken grinste.

»MTV«, strahlte Tsuro. »Ich hab da in Kariba 'nen Kumpel, der hat 'ne Satellitenschüssel. Mann, dass ihr das macht. Der wird verrückt, wenn ich ihm das Geld gebe!«

»Aber erst, wenn wir weg sind!«, ermahnte Walter

ihn. »Und was die Hochzeit angeht: Er braucht uns nicht einzuladen. In Gedanken sind wir sowieso dabei.«

»Zu weit, ich weiß.« Tsuro nickte. »Schade! Wann fahren Sie eigentlich?«

»Jetzt!« Hercule stand auf. »Wird höchste Zeit, dass wir das Land verlassen.«

Wilken erhob sich ebenfalls. »Mach's gut, Tsuro. Bist ein prima Fahrer.«

Walter ging zum Wagen und betätigte den Sender der Zentralverriegelung. »Kommt, Leute«, forderte er. Der Weg ist weit. Bringen wir es hinter uns.«

Er hatte den Satz noch nicht beendet, da sah er den Leopardenmann auf das Fahrzeug zukommen. Er staunte darüber, dass er fest damit gerechnet hatte. Offenbar begann er langsam, sich an diese ganzen Unmöglichkeiten zu gewöhnen.

Der Wagen hatte fünf Sitzplätze und Matan steuerte als Kleinster der Gruppe schon ganz gewohnheitsmäßig auf die Tür der Ladefläche zu. Erfreulicherweise fand er dort zwei quer angebrachte Klappsitze vor, sodass er letztendlich den meisten Platz von allen hatte.

Walter startete den Wagen, grüßte Tsuro noch einmal mit erhobener Hand und ab ging es, in Richtung Kariba. Zuerst wollten sie sich aber noch von Doktor Lerch verabschieden und nachsehen, wie es Tekene wirklich ging.

Als sie in dem kleinen, namenlosen Ort bei dem Bergwerk ankamen, fiel sofort auf, dass das Tor zum Werksgelände offen war und bei dem Verwaltungsgebäude eine große Gruppe Menschen stand.

»Fahr mal da hin«, forderte Hercule Walter auf.

Als sie sich der Versammlung näherten, sahen sie, dass es keine Leute aus dem Ort waren, sondern Bergarbeiter, wie man an der verschmutzten Kleidung erkennen konnte. Sie warteten vor einer Tür, über der das Schild *Lohnbüro* angebracht war. Vermutlich hatten die meisten schon gehört, dass jemand dem Chef in der Nacht das Auto geklaut hatte, jedenfalls schauten sie dem Geländewagen recht gelassen entgegen.

Hercule ließ die Scheibe runter. »He, was ist denn hier los?«, sprach er einen der Arbeiter an.

»Die Mine säuft ab«, antwortete der Mann. »Wir holen nur noch unser Geld und verschwinden dann von hier.«

»Ein Wassereinbruch? Ist noch jemand unten?«

»Es fing heute Nacht ganz langsam an«, sagte der Mann. »Wir konnten alle noch raus. Aber jetzt kommen die Pumpen schon lange nicht mehr mit. Das Wasser steigt so schnell, dass in der Nähe vom Hauptschacht die Erde zittert.«

»Und wo sind die Wachen?«

»Die sind als Erste abgehauen. Der alte Tekene ist krank und kommt wohl nicht wieder. Für wen sollen sie arbeiten?«

»Danke und guten Heimweg«, rief Hercule dem

Mann zu und fuhr die Scheibe wieder hoch. »Warst du das mit der Mine?«, fragte er den Leopardenmann, indem er sich halb zu ihm umwandte. »Hast du den großen Wasserhahn aufgedreht?«

Der Leopardenmann gab allerdings keine Antwort, sondern saß nur stumm auf dem Rücksitz und sah starr geradeaus.

»Er war es!«, sagte Ushinde und auch Walter war geneigt, das zu glauben. Er war sogar fest überzeugt davon. Es wurde Zeit, dass er von hier wegkam. So langsam begann er, um seine geistige Gesundheit zu fürchten.

»Warte noch!« Wilken stieg aus und ging durch die Reihen der Arbeiter in das Verwaltungsgebäude. Tekenes Büro war noch genauso, wie er es verlassen hatte. Auf der Schreibtischplatte lag sogar noch die Munitionsschachtel, aus der er seine Pistole geladen hatte. Gezielt ging Wilken auf den Aktenschrank zu, nahm den Klinikordner heraus und verließ das Büro wieder. Die Originalunterlagen waren als Beweismittel ja noch viel besser als seine Fotos, und wenn Wilken die Sache richtig sah, hatte Tekene sowieso keine Verwendung mehr dafür.

Ein paar Minuten später startete Matan den alten Leihwagen, während Wilken es sich auf dem Beifahrersitz bequem machte. Weil der Mondeo so altersschwach und langsam war, wollten sie schon vorausfahren, denn Walter hatte sich entschieden, Tekenes Wagen auch noch für die Fahrt nach Kariba zu benutzen. Er selbst machte noch einen kurzen Besuch bei Doktor Lerch, um sich zu verabschieden. Dort erfuhr er, dass Tekene rätselhafterweise gleichzeitig einen Herzinfarkt und einen Schlaganfall erlitten hatte. Seine Verwandten waren schon informiert. Wenn er wieder transportfähig war, würden sie kommen und den pflegebedürftigen Alten abholen. Er war wirklich nicht zu beneiden. Laut Lerchs Prognose würde er sehr lange Zeit haben, darüber nachzudenken, was er im Leben alles falsch gemacht hatte.

Vier Stunden später brummte die Fokker in fünfundzwanzigtausend Fuß Höhe wieder in Richtung Brazzaville. Von dort aus wollten Walter und Wilken mit einer Linienmaschine nach Casablanca und dann nach London weiterfliegen. Fiona und François hatten sich mittlerweile aus Lyon gemeldet, wo sie die Blut- und Gewebeproben abgeliefert hatten, und waren jetzt schon auf dem Weg nach London. Matan war schon vorausgeflogen und überführte die Piper in das relativ sichere Brazzaville. Walter saß auf seinem Platz und spielte mit Ushinde Backgammon, während der Leopardenmann stumm auf dem Boden saß. Hercule flog die Maschine im Moment alleine, aber viel gab es für ihn nicht zu tun, da er den Autopiloten eingeschaltet hatte.

Der mächtige Bildschirm an der Trennwand zur Kanzel leuchtete auf und eine große Ente erschien, die verzweifelt versuchte, etliche kleine Küken zusammenzuhalten. Die Küken rannten in alle Richtungen und immer wieder entwischten welche.

»Hallo, Messie«, grüßte Wilken. »Na, bist du kein Kater mehr?«

»Du siehst doch, was ich bin!«, zischte die Ente mit einem raschen Seitenblick. »Ich bin eine besorgte Mutter, der das Leben schwer gemacht wird!« Wieder entwischte eines der Küken und sie fing es im letzten Moment wieder ein. »Ihr wart weg«, zeterte die Ente. »Völlig weg! Für Stunden! Keiner zu erreichen! *Kein Anschluss unter dieser Nummer! Bitte warten Sie!* Was habt ihr euch bloß dabei gedacht? Ihr braucht doch meine Hilfe!« Jetzt entwischten gleich zwei Küken und wurden wieder eingefangen.

»Ist auch ohne dich ganz gut gelaufen«, meinte Wilken und grinste in die Kamera. »Du überschätzt dich!«

»Brich mir ruhig das Herz!«, kreischte die Ente los und plötzlich waren ihre böse funkelnden Augen formatfüllend auf dem Bildschirm. »Ich opfere mich für euch auf und was bekomme ich dafür? Noch nicht einmal einen Anruf!«

»Hör zu, Ente!« Wilken beugte sich zu dem Bildschirm hinab.

»Ja?«

»Lass dir Haare wachsen und erzähl das alles deinem Friseur!« Mit diesen Worten schaltete er den Bildschirm aus.

»Jetzt hast du sie beleidigt«, stellte Walter gleichmütig fest.

»Ist mir egal! Die Blechliese geht mir auf den Zünder, aber ganz gefährlich sogar.« Wilken wusste schon, dass er ein wenig überreagiert hatte, aber die Aussicht auf noch zwei Flüge in den nächsten zwölf Stunden zerrte ziemlich an seinen Nerven.

Als sie mit einem KLM-Jet schließlich wohlbehalten in Heathrow ankamen, war aber alles wieder gut. Immerhin hatte die Zentrale ihnen inzwischen für den Rest der Woche freigegeben und es war erst Donnerstagmorgen.

Wilken nahm sein privates Handy und tippte eine etwas längere Nummer ein. Ob Maggie in den nächsten Tagen wohl beruflich sehr eingespannt war?

Nachricht aus Brazzaville

Wenn man einen Job hat, bei dem man zu den unmöglichsten Zeiten unter gefährlichen Bedingungen arbeiten muss, lernt man schnell, seine Freizeit voll auszukosten. So sah man am Montag bei der ersten Besprechung nach dem Kurzurlaub nur zufriedene Gesichter.

Wilken hatte ein paar schöne Tage in Cardiff gehabt. Maggie hatte zwar für ihre Zeitung ein paar Artikel schreiben müssen, aber trotzdem war für sie beide noch genug Zeit übrig geblieben.

Walter war, nachdem er der Zentrale einen kurzen Bericht geschickt hatte, in ein kleines Hotel im schottischen Hochland gefahren, das er vom letzten Jahr her kannte. Wie viele seiner Landsleute hatte er eine Vorliebe für hügeliges Gelände und damit war die Gegend dort reich gesegnet. Ob er allein oder in Begleitung unterwegs gewesen war, blieb sein Geheimnis.

François hatte die Zeit bei seiner Familie in Guyancourt bei Versailles verbracht, wo er geboren war. Viel hatte sich dort nicht verändert. Der Ort war ziemlich verschlafen, obwohl er im Einzugsgebiet von Paris lag und es ganz in der Nähe ein paar Hochhaussiedlungen gab, die als soziale Brennpunkte galten. »Irgendwie ist da die Zeit stehen geblieben, seit ich weg bin«, meinte er.

»Kein Wunder, die müssen sich alle noch von dir erholen«, wurde das von Wilken kommentiert und François gab zu, dass das möglicherweise der Grund war.

Einzig Fiona war in London geblieben, weil ihre Familie mittlerweile wieder in Japan lebte. Das war selbst für sie zu weit für einen Viertagetrip. Sie hatte Hazel, ihre schwarz-braune Katze, verwöhnt und sich um die Hunde gekümmert. Ansonsten hatte sie viel Zeit mit ihrer besten Freundin Shenequa verbracht, wie sie erzählte. Trotzdem war sie aber immer wieder mal am Computer gewesen und hatte sich von Messie von der weiteren Entwicklung des Falls berichten lassen. So konnte sie ihren Kollegen zur Begrüßung den Mitschnitt einer Webcam-Unterhaltung vorspielen, die Doktor Chatel, der Chirurg des kleinen Krankenhauses, mit einer Beamtin der WHO-Außenstelle in Brazzaville geführt hatte:

Zunächst berichtete der Arzt, dass zwei Tage, nachdem der Wassereinbruch die Mine stillgelegt hatte, Tieflader gekommen waren, die die Laborcontainer mitgenommen hatten. Da war das Personal aber schon weg gewesen. Ärzte und Laboranten waren sozusagen über Nacht verschwunden. Als besonders günstig empfand Doktor Chatel es, dass das für das Laborpersonal neu erbaute, feste Wohnhaus jetzt leer stand. Sofort war das gesamte Krankenhauspersonal dort eingezogen und für Doktor Lerch war auch eine Wohnung reserviert.

Das, was Doktor Chatel über Doktor Lerch zu erzählen wusste, war auch sehr erfreulich: Er hatte sich nämlich entschlossen, doch den Kampf gegen den Krebs aufzunehmen. Eigensinnig wie er war, hatte er keinen Zweifel an der selbst gestellten Diagnose zugelassen und sich damit fast zum Tod verurteilt. Jetzt war er in einer renommierten Krebsklinik in Europa, wo man ihm gesagt hatte, dass seine Prognose bei Weitem nicht so schlecht war, wie er gedacht hatte. Wahrscheinlich würde er für den Rest seines Lebens auf Insulinspritzen angewiesen sein, aber das waren viele Menschen und wurden steinalt damit. Jedenfalls machte er schon wieder Zukunftspläne und würde, wenn alles gut lief, schon in ein paar Wochen wieder seinen Dienst aufnehmen können.

Der Zustand von Tekene war stabil, aber auf einem völlig anderen Niveau. In ein paar Tagen würde man ihn wohl in die Obhut seiner Familie entlassen können, aber dass er je wieder völlig gesund werden könnte, war ziemlich ausgeschlossen. Er würde wohl für immer selbst bei den kleinsten und alltäglichsten Dingen auf fremde Hilfe angewiesen sein und hatte sein Sprechvermögen verloren. Seine einst so beeindruckende Kommandostimme gab es nicht mehr.

»Er hat die Höchststrafe gekriegt«, meinte François.

»Wenn seine Familie auch so denkt wie er selbst, dann bestimmt.« Fiona verzog das Gesicht.

»Manchmal funktioniert das Leben wirklich wie eine Sparkasse«, sagte Walter etwas abwesend, »und du kriegst das raus, was du einzahlst.«

»Ich will es dem Alten jetzt nicht wünschen«, meinte Wilken, »aber richtig leidtun kann er mir auch nicht.«

Zum Schluss hatte die WHO-Beamtin noch eine eigene Notiz angefügt: Das Labor in Lyon hatte die Blut- und Gewebeproben untersucht und der Verdacht hatte sich in jedem Fall bestätigt. Aufgrund der erdrückenden Beweislage hatte das Pharmakonsortium in aller Eile zugestimmt, das kleine Krankenhaus auf zehn Jahre hinaus zu finanzieren, wenn nichts über die aufgegebene Versuchsklinik an die Öffentlichkeit drang. Außerdem waren einige medizinische Geräte unterwegs, die die Behandlungsmöglichkeiten wesentlich verbessern würden.

»Das nenne ich doch mal einen Erfolg«, meinte Wilken, als die Aufzeichnung zu Ende war.

»Erst mal ja!« Walter schien nicht völlig zufrieden zu sein. »Jetzt wüsste ich nur noch gerne, wo die Laborcontainer wieder auftauchen. Irgendwo auf der Welt wird gerade der Grundstein für die nächste Versuchsklinik gelegt!«

»Was willst du uns damit sagen?«, schnappte Brunél. »Dass unser Job total sinnlos war?«

»Sinnlos nicht! Aber er ist noch nicht getan, da kommt noch was nach. Das ist alles.«

Von Michael Stuhr ebenfalls erschienen:

Das Team – Die Karibik-Piraten
Das Team – Das Camp der Vergessenen
Das Team – Der Sprengsatz
Das Team – Das Grab des Schamanen
Das Team – Die Sklaveninsel

Stuhr, Michael:
Das Team – Die Mine des Todes
ISBN 978 3 522 20085 1

Einbandgestaltung: basic-book-design,
Badenweiler-Sehringen, unter Verwendung
eines Fotomotivs von iStockphotos.com
(© by iStockphotos.com/Nr. 10475279, Jonathan Heger)
Landkarte: Michael Stuhr
Schrift: Candida und Myriad Pro
Satz: KCS GmbH, Buchholz/Hamburg
Reproduktion: immedia23, Stuttgart
Druck und Bindung: CPI – Ebner & Spiegel, Ulm

5 4 3 2 1°   10 11 12 13

www.thienemann.de
www.michaelstuhr.de

Michael Stuhr

Agententhriller made in Germany

Das Team –
Die Karibik-Piraten
240 Seiten
ISBN 978 3 522 20030 1

Ferien in der Karibik. Eine Familie wird von Piraten überfallen. Ein Notebook mit hochbrisanten Daten verschwindet.

Die Zeit drängt – und das Team ... greift ein!

Das Team –
Das Camp der Vergessenen
240 Seiten
ISBN 978 3 522 20031 8

Bürgerkrieg in einem westafrikanischen Staat. Ein Flüchtlingscamp ohne Hoffnung. Hilfslieferungen verschwinden.

Die Zeit drängt – und das Team ... greift ein!

Das Team –
Das Grab des Schamanen
240 Seiten
ISBN 978 3 522 20059 2

Ein aufsehenerregender Fund im Grab eines Schamanen. Nicht nur für die Archäologen eine Sensation. Sondern auch für Leute, die das große Geld dahinter wittern.

Die Zeit drängt – und das Team ... greift ein!

THIENEMANN

www.thienemann.de
www.michaelstuhr.de